Margarita

ROSARIO FERRÉ

LA BATALLA
DE LAS
VÍRGENES

EDITORIAL DE LA UNIVERSIDAD
DE PUERTO RICO

Primera edición, 1993
Reimpresiones, 1995, 2000

Catalogación de la Biblioteca del Congreso
Library of Congress Cataloging-in-Publication Data

Ferré, Rosario
La batalla de las vírgenes / Rosario Ferré. — 1. ed.
p. cm.
ISBN: 0-8477-0205-7
I. Title.
PQ7440.F45B38 1993
863—dc2O   93-25157
                                                          CIP

Portada: Walter Torres
Tipografía y diseño: Héctor R. Pérez

Impreso en los Estados Unidos de América
Printed in the United States of America

EDITORIAL DE LA UNIVERSIDAD DE PUERTO RICO
PO Box 23322
San Juan PR 00931-3322
Administración: Tel. (809) 250-0000 / Fax (809) 753-9116
Depto. de Ventas: Tel. (809) 758-8345 / Fax (809) 751-8785

Al ver salir a la novia tan emperifollada
y a las señoras y caballeros de su compa-
ñía, cayeron sobre ellos como nube de lan-
gostas, y al padrino le estrujaron el ga-
bán y hasta le chafaron el sombrero.
Trabajo le costó al buen señor sacudirse
la terrible plaga, y no tuvo más remedio
que arrojar un puñado de calderilla en
medio del patio.

Misericordia, Benito Pérez Galdós

ariana había llegado de Mallorca hacía sólo dos horas y se quedó sorprendida ante los cambios que habían ocurrido en la isla durante los últimos seis años. Ya desde el aeropuerto lo notó en la apariencia del chofer de taxi que la llevó al Condado. Se fijó en las cadenas cargadas de medallas de la Virgen que llevaba colgadas al cuello y le sorprendió tal devoción religiosa. Durante todo el trayecto tuvo la radio encendida, escuchando el programa "Tú puedes ser feliz", que se transmite a mediodía por la WEUC. Al entrar a la Avenida Ashford pasaron frente a la glorieta nueva del Condado, construida, como muchos de los edificios nuevos que veía, al estilo de los años cuarenta. El chofer le señaló el anuncio de Medjugorje que se exhibía en la ventana de la agencia de viajes VIP, frente por frente a la pequeña plaza.

"A mí también me gustaría ir a Yugoslavia a ver a la Virgen de Medjugorje, pero no tengo dinero —dijo volviendo la cabeza y mirando a Mariana desde la altura de su sillín de cuentas de madera, que le permitía permanecer

1

relativamente fresco en medio del calor metálico del carro–. Dicen que si uno lleva muchos rosarios, la Virgen se los convierte en oro, y con ellos el pasaje sale de cachete", añadió riendo estrepitosamente.

Mariana miró con curiosidad el afiche, que representaba a la Virgen con una sonrisa dulce en los labios y un aro de estrellas nimbándole la cabeza. Su madre fue una de las primeras en ir. Cuando le contó del viaje por teléfono, le pareció sospechoso que la única prueba de la aparición fuese la imagen que se revelaba en las fotos tomadas con cámara Polaroid, pero no rechazó su entusiasmo.

"Es algo maravilloso ver cómo la cara de la Virgen se va apareciendo poco a poco en la foto, flotando sobre el agua del lago, o sobre una nube o árbol cualquiera –le escribió Matilde en una carta–. Y eso que no se ve nada, nadita, en el momento preciso. Los viernes (ella sólo se aparece los viernes), los peregrinos le rezan el rosario en la capilla, y a las cinco y media en punto el sol se pone a bailar, los pajaritos se callan y hay como una luz inefable que camina alrededor. En ese momento uno toma una foto del cielo con la Polaroid ¡Y la Virgen sale claritita! Yo sé que la Virgen me va a ayudar, Mariana, y que te va a ayudar a ti también. Aquí te mando una de las fotos de la Polaroid para que le reces, para que te ayude con los problemas que sigues teniendo con el pobre Marcos."

Observó detenidamente la foto y estuvo de acuerdo con que había un objeto luminoso, que irradiaba luces o algo por el estilo, que aparecía suspendido sobre una rústica cruz de palos en medio del campo, pero al cual no podía vérsele rostro ni facción alguna. Si era cierto que la foto había sido tomada a las cinco y media de la tarde, cuando ya el sol casi se había ocultado en el horizonte, la claridad resultaba ciertamente inexplicable. Quién sabe si se trataba de unos depósitos subterráneos de minerales que emitían radiaciones ocultas, o de algún fenómeno atmosférico inusitado.

2

Mariana era creyente y asistía a misa todos los domingos con Marcos. Pero tenía un sano descreimiento de todo suceso que atentara contra las leyes de la naturaleza, fuese éste de orden mágico o religioso. Pero ante aquella manera ingenua que había tenido su madre de aferrarse al pequeño rectángulo de papel como si se tratara de la prueba irrefutable de que el "más allá" existe, se sintió conmovida. "Pobre mamá –pensó–, ha sufrido tanto con la muerte de papá. Es mejor que pueda creer en algo." "Cuando tú te hayas ido, me quedarán las sombras...", tarareó en voz baja, al fondo del taxi, sacudiendo su melena rubia y meticulosamente cuidada sobre los hombros tostados por el sol de Mallorca, como para olvidarse un poco de la tragedia de sus padres.

Antonio había muerto el año pasado de un ataque al corazón y Mariana viajó a la isla desde Europa para el sepelio. Se sintió muy triste porque cuando llegó, su padre ya estaba enterrado. Ya no podría desahogarse, decirle todo lo que había planeado decirle un día desde el otro lado del océano. Se sintió por primera vez al descampado, como si un rayo hubiese partido en dos el árbol que la había cobijado desde siempre y que de alguna manera también la había amenazado. Su madre se había quedado profundamente afectada por aquella muerte inesperada. Matilde era como una niña, dependía de Antonio para todo, incluso para escoger los alimentos en el supermercado, que compraba siempre pensando en él, en lo que le gustaba o no le gustaba. Unos días después del entierro Mariana le pidió a Matilde que se viniera a vivir con ella a España, pero Matilde no había querido. Insistió en quedarse a vivir sola en la casa de Garden Hills.

Volvió a mirar por la ventanilla del taxi y vio, sobre un muro de la autopista, un anuncio enorme en letras negras que decía: "Asiste a la Gran Peregrinación de Sabana Grande el próximo 23 de abril". "Esa va a ser una gran manifestación, porque celebramos los cuarenta años de la primera aparición de la Virgen del Pozo –le confió a Mariana el

3

chofer, sonriendo satisfecho—. Faltan todavía seis meses para el aniversario, que será en abril del '93, pero ya lo estamos planeando. Vamos miles de peregrinos. Ni la prohibición de Monseñor Antulio Rodríguez, el Arzobispo de San Juan, que ha dicho que todo el que le rece a la Virgen del Pozo será excomulgado, podrá detener nuestro movimiento. Los mexicanos tienen a la Virgen de Guadalupe, los dominicanos tienen a la Virgen de Altagracia, los cubanos tienen a la Virgen del Cobre, y en Puerto Rico tenemos a la Virgen del Pozo", dijo. Y aceleró para pasar con la amarilla antes de que cambiara la luz.

"Aquí en esta botellita tengo un poco de agua milagrosa, si quiere se la vendo por un dólar. Es muy buena para las arrugas, pero, sobre todo, para rejuvenecer a los maridos a la hora del Angelus." Y para probarle lo que venía diciendo, le mostró a Mariana una botellita de plástico que tenía la forma de la Virgen, con una pequeña corona azul que le servía de tapa.

Mariana le dio las gracias, pero no le interesaba. Se fijó que el chofer llevaba, en el asiento delantero del carro, un ejemplar del *Diario La Prensa* que tenía en primera plana un artículo sobre el Santuario del Pozo, y se lo pidió prestado para leerlo. Decía lo siguiente: "Fue el 23 de abril de 1953 cuando la Virgen María se le apareció por primera vez a los niñitos Juan Ángel Collado, Ramonita e Isidra Belén, quienes estudiaban en la escuela Lola Rodríguez de Tió, a las afueras de Sabana Grande. Ese día, cuando Juan Ángel fue a buscar agua al pozo cercano a la escuela a la hora del almuerzo, se hizo un profundo silencio y en el lugar hizo su aparición la Santísima Virgen. Desde el segundo día en adelante Ramonita e Isidra se le unieron a Juan Ángel y juntos continuaron viéndola durante 33 días consecutivos, hasta el 25 de mayo de 1953. Desde entonces, en cada aniversario de la Virgen, se reúnen entre 200 y 300 mil personas en el Santuario, por lo cual el Alcalde de Sabana Grande ha habilitado varios estacionamientos de vehículos y guaguas, en más de 23 cuerdas del sector que el

camión
autobús

4

Municipio le alquiló a Don Carmelo Rodríguez, el ganadero más acaudalado del pueblo".

En otro artículo aparecía fotografiado el Arzobispo, con su sombrero episcopal color remolacha sobre la coronilla y una expresión preocupada en el rostro, afirmando que había que tener mucho cuidado con las "nuevas sectas" como la de la Virgen del Pozo, que recibían ayuda económica del extranjero. "No nos sorprendería que detrás de esas supuestas apariciones se encuentre la presencia de agentes encubiertos, que andan siempre buscando maneras de ganarse la confianza de nuestra inocente grey, para llevar a cabo su proselitismo comunista", había dicho públicamente el Arzobispo el día anterior.

Mariana dejó de leer y miró con más detenimiento la muchedumbre de estampas, escapularios y medallas que decoraban el taxi por dentro. En el *dashboard* el chofer tenía un altar, con velas votivas y tapete de volantitos de perlé, sobre el cual reposaba la imagen de la Virgen del Pozo. Del espejo retrovisor colgaba un rosario de cuentas de vidrio, y debajo de éste un retrato de Madonna cantando "Like a Virgin", con el cuello adornado de crucifijos y medallas. La melena rubia le nimbaba la cabeza y llevaba el torso calzado dentro de un corsé tan apretado como un látigo de seda negra. El chofer prendió la radio y la canción de Madonna, grabada en *tape*, resonó a todo volumen por las ventanas abiertas.

"Esa también hace milagros, doñita, aunque no es de aquí, y el Papa está que trina con ella", dijo con un guiño malicioso, señalando hacia la foto de la cantante.

Hacía seis años que Marcos y ella vivían en Mallorca, donde su marido era dueño de varias propiedades. Los Robles del Castillo tenían en Palma un caserón del siglo XVI, que el padre de Marcos había comprado con el dinero que había sacado de la isla al venderle su central azucarera a unos inversionistas norteamericanos. Esta decisión les causó más tarde problemas serios, pues se quedaron sin una fuente de ingreso en Puerto Rico. Lograron invertir en España su capital sabiamente, sin embargo, lo que les permitía mantener la casa de Mallorca con relativa holgura. Cuando Marcos se comprometió con Mariana vieron el cielo abierto, porque pensaron que aquella alianza aseguraría la situación económica futura de su hijo.

En efecto, el matrimonio con Mariana le permitió a Marcos sacar un préstamo y establecer un negocio de muebles importados de España, que le daba un buen dividendo anual. La tienda estaba en el Viejo San Juan, bastante cerca del puerto, donde atracaba mensualmente el barco que traía los muebles, en un *van* enorme que venía de Palma de Mallorca. Aunque la tienda se llamaba "Antigüedades Versalles", vendía mayormente reproducciones: muebles estilo Imperio, Luis XV o Luis XVI decorados con orfebrería Bull y marquetería de concha de tortuga pulida. Los muebles se vendían como pan caliente entre la burguesía de la capital así como entre los turistas, a precio de antigüedades auténticas. Cada *van* le representaba a Marcos una ganancia de por lo menos ciento cincuenta mil dólares.

Cuando decidió irse a vivir a Mallorca, Marcos se consiguió un socio, al que le vendió una tercera parte del negocio. El socio se ocupaba de supervisar la tienda del Viejo San Juan y Marcos le enviaba los muebles desde Mallorca, fabricados a un mínimo costo en Manacor, un pueblo del interior de la isla. Marcos viajaba a Puerto Rico varias veces al año a buscar los dividendos de la tienda de muebles. Mariana no venía con él en estos viajes por causa de su hijo. Aunque ya tenía cinco años, José Antonio era un niño enfermizo que padecía de asma, y viajar no le hacía ningún bien. Por otra parte, a Mariana no le gustaba dejarlo solo en Palma. Luego de pasar una semana en la isla Marcos se llevaba el dinero a España en un maletín, y vivían con él cómodamente durante varios meses. Vender el negocio de muebles para invertir el dinero en Europa, como le hubiese gustado hacer a Marcos, hubiese significado una pérdida considerable de capital. Era por eso que seguían siendo residentes de Puerto Rico. Cuando Marcos se montaba en el avión de regreso a Mallorca, con la valija esposada a la muñeca, muchas veces pensaba con tristeza que no era un hombre libre. A pesar de ser de familia noble, era un esclavo del dinero, como cualquier comerciante vil. Pero cuando pensaba en vender el negocio y quedarse a vivir en España, lo que hubiese significado renunciar a la ciudadanía norteamericana, se sentía invadido por el pánico, y no podía siquiera considerarlo.

Marcos se sentía feliz en Mallorca. Durante su niñez sus padres lo habían llevado allí a veranear, donde además de la casa de Palma, tenían una finca en Soller sembrada de hermosos olivares, con troncos retorcidos y hojas plateadas. Las niñeras lo llevaban a pasear en una carreta tirada por un borrego color gris plata, exactamente igual al de *Platero y yo*. Cuando Mariana y él estaban comprometidos y se encontraban a punto de casarse, le entraron serias dudas sobre el matrimonio, y en cierto momento Marcos se refugió en la casa de Palma. A la madre de Mariana le dio un ataque de nervios. No era posible que a su hija, una Duslabón, la dejaran plantada ante el altar, para luego tener que casarse como plato de segunda mesa.

Mariana al principio se sintió tentada a dejar las cosas como estaban y a romper el noviazgo. Pero su madre insistió, y no le quedó otro remedio que ir a Mallorca acompañada por Matilde, a intentar aclarar las cosas. Fue un momento amargo; tuvo que tragarse su orgullo e ir todos los días a la casona antigua de los Robles que daba al malecón del Mediterráneo, mientras su madre se quedaba esperándola en un hotel de Palma. Supo apelar bien su caso; sus formas atractivas y doradas por el sol (todos le decían lo mucho que se parecía a Claudia Cardinale en *Il Gattopardo*) acabaron por hacer olvidar a Marcos sus dudas y reincidir en el amorío. Doña Matilde, así como el resto de la familia, dio un suspiro de alivio. Sus tías eran famosas

7

en la sociedad de San Juan por su devoción, así como por su fidelidad conyugal ("la esposa ha de ser como la vid, trenzada al muro", decían), y un desaire como aquél hubiese sido, además de una tragedia privada, un amargo trago social. La pareja regresó algunos meses después a Puerto Rico en el mismo avión y la boda se celebró sin novedad. A pesar de ello, lo cierto era que Marcos nunca se había mostrado muy enamorado de Mariana, y que era ella la que tenía que vivir siempre pendiente de él.

Marcos era alto y muy bien parecido. Tenía un porte elegante, que le daba cierto parecido con Felipe III, sobre todo en la manera en que las venas se le traslucían bajo las sienes y los párpados le caían sobre los ojos, sin que nunca llegara a abrirlos completamente. Esa mirada le daba a veces un aire de lagarto soñoliento que, cuando Mariana se disgustaba con él, la llevaba a pensar que tenía la sangre tan fría como la de los anfibios. Era hijo único y heredó un título de conde que nunca se molestó en reclamar, pero que quizá explicaba su mirada triste, de aristócrata desplazado siempre a punto de suspirar. Era un hombre religioso, de misa y comunión diaria. Lograba maridar con éxito su piedad con las habilidades bursátiles, y contribuía a menudo con sumas generosas a los cofres de la Iglesia a través del Opus Dei.

Todas las amigas de Mariana la envidiaban, querían llegar a ser novias de un español que tuviera título de conde, como ella. Por aquel entonces Mariana pensaba que todo lo español era profundamente romántico. Se encerraba en su cuarto durante horas a oír "Fumando espero" y "El último cuplé", en el estereo que le habían regalado sus padres, a soñar con el príncipe azul que un día llegaría a buscarla. Mariana no fumaba, pero le encantaba tirarse en la cama con una *négligé* negra mientras repetía ante el espejo las canciones de la Montiel o de Paloma San Basilio, con los labios pintados color cereza como los de ellas.

Aquellas fantasías eran lo único que le aliviaba los dolores de cabeza a Mariana. Desde los catorce años los había padecido. De pronto estaba haciendo sus tareas en el escritorio, o hablando con una amiga, y sentía que donde estaba el ojo derecho se le empezaba a hundir un clavo ardiente y que ya no podía abrirlo. Se sentía luego invadida por la náusea y, si no tomaba alguna medicina para aliviarlo, podía hasta llegar a perder el conocimiento. Matilde la llevó al médico y éste le recetó unos analgésicos extrafuertes, pero le previno que contra las migrañas no había remedio. Eran el resultado del *stress* de la vida moderna, lo mejor era tratar de evitarlas no cogiendo las cosas muy a pecho. No había comprimidos, por más fuertes que fueran –Tylenol, Midrín, Fioriset, (Mariana se sabía todos los nombres de memoria)– que la aliviaran de aquella tortura. Sólo encerrarse en un cuarto oscuro, ponerse un pañuelo con alcoholado en la frente o, si era de noche, salir a dar un paseo por algún lugar fresco, lograban mejorárselas en algo.

Al conocer a Marcos se sintió mejor; pensó que gracias a él podía escapar al encerramiento al que la tenían condenada sus padres. Fue quizá por eso que no le dio tanta importancia a que su novio no pareciera muy enamorado de ella. Quería iniciar una vida nueva, distinta a la que había llevado hasta entonces. Su padre la había enviado a estudiar en la Academia del Sagrado Corazón, donde las niñas estaban muy bien cuidadas. A Mariana le hubiese gustado ir a estudiar a un colegio en los Estados Unidos, pero cuando se lo dijo a su padre éste puso cara de circunstancias y le dijo que no era posible. En la Academia se aburría porque los maestros eran malos y enseñaban a la antigua. Obligaban a las alumnas a memorizarse todo lo que decía el libro y a repetirlo como una cotorra en clase, sin entender muchas veces lo que estaban diciendo. Pero era cuando los maestros se ponían a defender la historia de Adán y Eva por sobre las teorías de Darwin que a Mariana se le alebrestaban los ánimos. Darwin era un científico y su conclusión podría ser válida para la ciencia o para la historia, decían, pero lo de Adán y Eva era materia de fe. Adán había sido moldeado con tierra y a Eva Dios la había creado de una costilla supernumeraria, que Adán no necesitaba. Era precisamente por eso que cuando iba con su padre al Cathay, el restaurán chino de Puerta de Tierra, Mariana nunca pedía *spare ribs*, por la ira que le daba aquel cuento.

Cuando asistía a las fiestas, la eterna chaperona, alguna tía o alguna amiga de su madre, supervisaba todos sus actos. Sentada sobre sus caderámenes rotundos, alimentados con fécula de arroz con habichuelas, no le perdía ni pie ni pisada. Se colocaba estratégicamente frente a la pista de baile y si la veía bailar demasiado acaramelada con alguien, se levantaba de la silla, cruzaba la pista y los separaba. Su padre había encargado que la cuidaran como oro en paño. Mariana era la luz de sus ojos y no iba a permitir que ningún mequetrefe sin dinero o buscón con educación se la viniera a quitar. Los jóvenes casi no se atrevían a venir de visita a la casa, a causa de las negras miradas que Don Antonio les daba. La celaba tanto que parecía moro. De haber podido hacerlo, la hubiese encerrado en una torre donde ningún pretendiente pudiera subir a verla, tal y como sucedía en el romance de Moriana.

Mariana descubrió entonces la literatura. En las tardes siempre trataba de salir un poco antes de la Academia para correr a la librería El Fénix, que quedaba en la misma calle de su casa, y comprar allí alguna novela o libro de cuentos. Vivían entonces en la casa de Santurce, en una de las calles transversales que desembocaban en la laguna del Condado, y tanto la Academia como los comercios de la Ponce de León les quedaban cerca. Como su padre le daba una mensualidad generosa el dinero no era problema y podía comprar los libros que se le antojaran. A los siete años se había leído *Los Tres Mosqueteros*, y esa novela la había dejado enviciada con la lectura para el resto de su vida. En las novelas que Mariana leía el sueño era a menudo una avenida de escape poderosa. Las heroínas de novela, como las del cine, le servían de modelo para soñar y evadirse así a las prohibiciones de su padre; la rebelde Becky Sharp en

Vanity Fair, la malvada Milady en *Los Tres Mosqueteros*, la sensual Ava Gardner en la película *The Flying Dutchman*. A ninguna de ellas les daba dolor de cabeza y todas lograban lo que se proponían en la vida.

Mariana era loca con su padre. Se desayunaba con él y lo ayudaba a darles comida a los pájaros en la terraza. Al salir de la escuela le pedía al chofer que la llevara a su oficina en Miramar, donde lo esperaba hasta que salía del trabajo. Iban entonces juntos al gimnasio, donde Mariana lo observaba hacer sus *leg ups* y sus *push ups*; o a las paradas de la Guardia Nacional donde, tomada de la mano de Antonio en primera fila, saludaba con las trenzas escondidas debajo de su gorra de la reserva militar que le bailaba sobre la cabeza. Pero lo que más le gustaba hacer era ir con Antonio de paseo hasta el arrabal de La Perla. A Mariana le encantaban aquellas visitas, en parte por lo clandestinas –a Matilde le hubiese dado un ataque de histeria de saberlo– en parte porque al entrar por el estrecho laberinto de calles su padre se transformaba en otro.

Antonio era arquitecto, y era un romántico empedernido. Cuando estudiaba en Cornell le encantaba la arquitectura antigua. Las catedrales góticas, de las que parecían brotar ramos de *broccoli* y espirales de *celery* por todas partes, y las ciudades medievales lo fascinaban. La necesidad lo había obligado a estudiar arquitectura moderna. Al regresar a Puerto Rico después de terminar su carrera había tenido un éxito enorme, pero era sólo al caminar por las calles de La Perla que se sentía absolutamente feliz. Allí dejaba su imaginación en libertad y se regodeaba en la manera sorpresiva en que el mar asomaba el lomo al final de la calle; en los ocres y los sienas de las tablas carcomidas de las casas; en los techos de zinc afilados por el viento como navajas delicadas. Pensaba que la gente de La Perla tenía un sentido de lo necesario, que las casas respondían a actitudes vitales, totalmente desprovistas de decoración superflua. De nada le valía que sus amigos le dijeran que aquel lugar era un nido de drogadictos y de prostitutas, y

11

que en aquellos ranchos que él encontraba tan románticos la gente iba a menudo a morir, luego de administrarse una sobredosis de heroína o de LSD, o como consecuencia de alguna cuchillada perdida. Antonio sólo veía la naturaleza orgánica del arrabal. La honestidad de su diseño respondía siempre, en su opinión, a unos valores humanos puros: "La Perla es un organismo vivo, como las plantas o los corales. La gente que vive aquí sólo busca el fresco, el sol, el alimento", le decía entusiasmado a Mariana. Ella era todavía una niña y no siempre entendía lo que su padre quería decir, pero le encantaba ver cómo le brillaban los ojos cuando le hablaba de La Perla.

Antonio llevaba una vida activa en San Juan. Era presidente del Club de Leones, miembro de la Cámara de Comercio, Presidente de la junta para el mejoramiento de la capital. Como arquitecto era muy respetado y varios clientes le habían comisionado proyectos importantes. Como el nuevo edificio de la Logia, por ejemplo, que se había llevado varios premios a nivel internacional. Mariana se sentía enormemente orgullosa de él, pero cuando le dijo que ella también quería estudiar arquitectura Antonio se rió y le dijo que era una carrera demasiado difícil para una niña y que mejor estudiara algo que no tomara tantos años.

A los catorce años su cuerpo se llenó de curvas y se hizo blando y suave. Se dio cuenta de que la belleza física era un instrumento temible; una verdadera máquina de guerra, en la lucha por el poder en que los hombres y las mujeres aparentemente se encontraban envueltos. En las fiestas y en los bailes los jóvenes acudían a ella como abejas a la miel, pero a su padre no le gustaba ninguno. Seguía celándola casi de manera patológica, y cuando se mudaron a Garden Hills no la dejaba siquiera ir al Club de Villa Caparra a jugar tenis sin la escolta de una sirvienta.

Un día Mariana tuvo un altercado serio con su padre a la hora del desayuno. Matilde los oyó discutiendo desde la cocina, pero no quiso intervenir. Más tarde le preguntó a Mariana qué era lo que pasaba pero ella no quiso decirle y

Matilde no insistió en preguntarle. Matilde era una persona débil; cuando intuía algún problema prefería no darse por enterada para no tener que enfrentarlo. Mariana la quería mucho, pero no quería ser como ella. Era absolutamente sumisa ante su marido, como si hubiese aceptado su rol de esposa con una pasividad vengativa. Si las mujeres, supuestamente, no debían tener una carrera profesional, ni ser presidentas de asociaciones de negocio o participar en los procesos políticos de la isla, estaba bien con ella, se quedaría en casa y que el mundo se viniera abajo.

Matilde pensó que aquello no duraría, pero pasaron los meses y Mariana seguía furiosa con su padre. Si Antonio entraba a la terraza y ella estaba sentada leyendo el periódico, se levantaba sin decir una palabra y salía por la puerta contraria. En la mesa, cuando Antonio le hablaba, se negaba a contestarle. Comía mecánicamente, con los ojos puestos en el plato, y cuando terminaba se levantaba y se encerraba con llave en su cuarto.

Fue para esa época, terminando su tercer año de universidad, cuando conoció a Marcos Robles en casa de una de sus primas, la hija de la tía Lola. Fue durante una jarana que se celebró en la urbanización San Francisco. Se pasaron hablando toda la noche en la marquesina, que había sido transformada en terraza enrejada. Ese verano Marcos se le declaró y Mariana le anunció a sus padres que se iba a casar con él. "Marcos me lleva diez años —le dijo a Antonio— y yo ya cumplí los veinte. Soy mayor de edad. Espero que no te opongas, porque de ser así me escaparé y nos casaremos de todas maneras."

Antonio, sorprendentemente, no puso objeción alguna al matrimonio. Se reunió con Marcos una tarde en La Mallorquina y le concedió formalmente la mano de su hija. Mariana pensó que el que Marcos tuviese una casa antigua en Palma lo había entusiasmado tanto que quizá por eso había dado aquel cambio drástico. Algunos meses después Antonio y Matilde viajaron a Mallorca para conocer a Don Armando y a Doña Victoria, los padres de Marcos, así como

— para visitar la catedral gótica de Palma y el palacete de los Robles. A excepción del corto episodio del arrepentimiento de Marcos, que había ocurrido unos meses antes, tuvieron un noviazgo tradicional y una boda sonada. A Mariana sus amigas le celebraron un *shower* en el Club Afda, y Marcos tuvo una despedida de soltero en el Club de Villa Caparra, en la cual los invitados acabaron tirándose vestidos de etiqueta a la piscina. Eran jóvenes y bien parecidos, tenían dinero; la pareja en portada de la revista *Novias*.

Antonio, después de la boda, parecía un perro sabueso buscando el rastro cada vez más débil de su hija por la casa. Iba a visitarla todas las mañanas a su pequeño departamento de recién casada, a llevarle tal florero que se le había quedado olvidado en el cuarto, o la ropa de cama y el *laundry* que Matilde seguía lavándole y planchándole. Quería saber lo que estaba planeando hacer ese día, si iba de tiendas o si se iba a reunir con alguna amiga en San Juan, hasta lo que le iba a preparar aquella noche a Marcos para la cena.

Cuando sus padres murieron en un accidente de avión tres años después de la boda, Marcos cerró la casa del Condado y se instaló con su familia en Palma. A Mariana no se le hizo difícil dejar la isla.

Al llegar a España se le mejoraron los dolores de cabeza. Le gustaba Mallorca porque tenía unas playas casi tan hermosas como las de Puerto Rico, y estuvo varios meses explorándolas. El romance entre ella y Marcos, no obstante, tuvo mucho de anti-clímax. A Marcos no le gustaba que lo besaran, ni demorarse besando o acariciando a Mariana. Hacía el amor rápidamente y con remilgos, como quién estornuda en un pañuelo de hilo con las iniciales bordadas encima.

Al principio Mariana se lo resintió, pero con el tiempo prefirió estar sola. Se fue a dormir al cuarto contiguo a la habitación matrimonial. Era una *suite* con balcón que abría a la bahía rodeada de hermosas palmeras de dátiles y que hizo decorar con drapeados estampados de colores brillantes. La estabilidad de vivir con Marcos, por otra parte, le hacía bien. Se sentía en control de su vida y decidió buscar trabajo. Un día envió un artículo a *La Gaceta Mallorquina* sobre la cartuja de Valdemosa, y se sorprendió de que se lo aceptaran. Poco después le llegó un cheque modesto, pero a ella le pareció tan valioso que no lo quiso cambiar; lo enmarcó y lo colgó en la pared de su cuarto. Siguió enviando artículos que escribía desde la casa, y empezó a tener cierto éxito como periodista de reportajes especiales. Escribía sobre Mallorca, pero de cuando en cuando también escribía sobre Puerto Rico, y le sorprendió lo mucho que a los españoles les interesaba el tema. Ya no se pasaba el día leyendo novelas para escapar a la realidad. Su trabajo le permitió tener un ingreso propio y se le mejoraron todavía más los dolores de cabeza, que ya sólo le daban intermitentemente.

En la casa había una biblioteca de tamaño considerable que había pertenecido al padre de Marcos, y podía escribir sus artículos sin tener que salir a ninguna parte. Aunque su marido no protestó, necesitaba tener cuidado y escribir sólo sobre temas que no fueran controversiales, porque Marcos era susceptible. Contribuía con un artículo semanal a *La Gaceta*, firmándose con su nombre de soltera, Mariana Duslabón. Se sentía tranquila, casi feliz. Su único problema era que le hacía falta Puerto Rico.

Mientras José Antonio estaba pequeño ella se quedaba en Mallorca y no acompañaba a Marcos en sus viajes a la isla. Este viaje, sin embargo, tendría que ser más largo y por eso habían traído al niño con ellos. Marcos había decidido vender la casa del Condado y comprar en un condominio. La casa, cerrada por tanto tiempo, había empezado a deteriorarse y costaba mantenerla. Tendrían que quedarse en San Juan lo necesario para venderla, así como para comprar un piso que les resultase más práctico. Con la ingerencia que estaban teniendo los bancos españoles en la isla era posible que se les presentara un buen comprador entre los banqueros peninsulares amigos de Marcos.

15

Mariana se alegró del viaje. Ya no podía aguantar más sin venir a Puerto Rico; se sentía como esas plantas parásitas que llaman Mala Madre, que pueden vivir del aire, pero que si no regresan a la tierra un día, no logran nunca afincar a sus hijos.

Pero necesitaba regresar también por otra razón. Para seguir escribiendo sus artículos necesitaba empaparse de lo que estaba pasando en la isla –en la política, en la industria, en la economía. Había oído decir que se celebraría pronto un plebiscito para decidir si la isla sería un estado de la Unión Norteamericana, un Estado Libre Asociado, o una república independiente. Pensó que celebrarlo era una decisión sabia. Si el plebiscito ayudaba a que aquel Ballet de la Mesa Verde tocara a su fin, Mariana se alegraba de ello. La identidad era algo tan importante para los pueblos como para las personas. Había que atreverse a ser lo que se era, lo que uno nunca había dejado de ser.

Quería ir a ver a su mamá al asilo lo antes posible. Matilde nunca se había repuesto de la muerte de Antonio. Se había quedado muy triste y no encontraba qué hacer para entretenerse. Decidió unirse a un grupo de amigas, también viudas, que viajaban a Europa. Iban todas en un *tour* al pueblito yugoeslavo donde se aparecía la Virgen. Un día se había separado del grupo y se había empeñado en irse caminando por su cuenta hasta el Monte Cérnica, donde había una capilla dedicada a los mártires que habían sido pasados por la espada bajo la ocupación turca. Sus amigas la encontraron sentada en una baranda de la carretera, frente al lago del Krisevac. Estaba en un especie de trance, y hablaba sola todo el tiempo.

Entre hipidos y sollozos les contó que se le había aparecido la Virgen en una gruta que se encontraba por allí cerca. Sus amigas se extrañaron muchísimo, porque la Virgen nunca se le aparecía a los peregrinos y hacía sus revelaciones a través de los niños videntes de Medjugorje, pero cuando vieron que no había forma de calmarla le hablaron como si le creyeran lo que decía. Matilde repetía todo el tiempo

16

que algo terrible ocurriría en Puerto Rico, que habría un baño de sangre y mucho sufrimiento y que por eso ella se quería regresar enseguida, porque quería estar junto a su marido y su hija cuando esto sucediera. Por más que las señoras le hablaron y trataron de traerla de vuelta a la realidad, no habían tenido éxito.

El resto del viaje fue una pesadilla. Desde que Matilde se despertaba empezaba a preguntar que dónde estaba, que por qué Antonio la había dejado sola y no la venía a buscar, y a llorar a moco tendido. Las amigas no se atrevían a recordarle que Antonio llevaba ya más de dos años de muerto. Por aquello de no agravar la situación le seguían la corriente, diciéndole que pronto regresarían a Puerto Rico y lo volvería a ver. Al llegar a San Juan se la llevaron derechito a su hermana Lola, para que la cuidara. Pero Lola tenía un negocio de bienes raíces que le exigía doce horas de trabajo diario, y no tenía tiempo para ocuparse de su hermana.

Tanto Lola como Rosa, la otra hermana de Matilde, habían estado en Medjugorje el año anterior, y eran profundamente devotas de la Virgen. Cuando a Lola se le murió el marido hizo incinerar sus restos y puso las cenizas en una pequeña urna que guardaba en una capillita que le tenía a la Virgen en su cuarto. Allí le tenía siempre un velón rojo encendido y se arrodillaba frente a ella todos los días, a consultarle sus decisiones de negocio. Cada vez que vendía una casa o un terreno lo veía como un milagro conjunto de su marido y de la Virgen. Un día que Mariana la fue a visitar le llamó la atención la caja. "Es tu tío Arístides, hija. En Puerto Rico hay demasiado poco terreno para gastarlo en los muertos. Además, como cuando estaba vivo nunca nos separamos, decidimos no hacerlo tampoco cuando pasáramos a mejor vida. Cuando muera me incinerarán a mí también y nos arrojarán juntos al Océano Atlántico. Lo tengo dispuesto en mi testamento." Mariana se quedó asombrada al oír aquello. Pensó en su tío, que en vida medía más de seis pies de altura y padecía de claustrofobia,

17

metido en aquella caja de bronce tan pequeña y le dieron ganas de reír, pero se contuvo. "Pobre tío Arístides –pensó–. ¡Al que no quiere caldo, tres tazas!"

Tía Rosa tenía un *catering* de comidas francesas que, gracias a un enchufe de línea directa con el Departamento de Hacienda que le encargaba la comida de las recepciones en la Fortaleza, le devengaba un ingreso de por lo menos cincuenta mil dólares al año. Su especialidad en aquellos días era el postre del Plebiscito, una combinación de piña independentista, batata popular y coco penepé. Aunque Rosa ya no cocinaba sino que dirigía a las cocineras, tenía las manos llenas de quemaduras que no se molestaba en ocultar y que llevaba con orgullo, como si las hubiera recibido en el frente de guerra. Tía Rosa tenía una cocinera antiquísima, que vivía en la casa con ella y a la cual nunca le daba permiso para salir, de manera que no se enterara de que el salario de ochenta dólares al mes que le pagaba era un salario de esclavos, y que en cualquier otro lugar hubiese ganado por lo menos cuatro veces más. Ambas tías eran muy devotas, de misa y comunión diaria. Lola insistía que a Paca su cocinera, cuando le salían bien los guisos, era porque bailaba frente a la olla, entornando los ojos en blanco y rezando el Ave María en voz alta.

Rosa llamó a Mariana a España y le explicó la situación de Matilde. Desde su regreso de Yugoslavia su mamá había perdido por completo la memoria así como la capacidad para cuidar de sí misma. No se podía dejar sola en la casa de Garden Hills ni por un momento, porque en una de ésas dejaba prendida la estufa y se asaba viva o salía a la calle en *panties* y refajo buscando a Antonio por todo el vecindario. Pasaron los días y Lola sugirió ingresar a Matilde en el Asilo de las Siervas de María en el Viejo San Juan en lo que Mariana venía de España. Allí pensaba ir a verla mañana mismo, a verificar que fuera cierto lo que decía tía Lola.

Mariana se bajó frente a la casa, dejó la maleta en el rellano de la escalera y subió hasta la terraza. No esperaba encontrar a Marcos en la casa, porque le había dicho que tenía varias diligencias que hacer esa tarde. José Antonio había viajado con su padre el día anterior. Hablaron por teléfono la noche antes y Marcos se excusó por no ir a recogerla al aeropuerto. Al abrir la puerta de cristal de la terraza escuchó voces en el comedor. Se dirigió de inmediato hacia allí, casi sin mirar el espectáculo espléndido de la laguna, iluminada ya a esa hora con su hermoso collar de luces. Sentados a la mesa se encontraban su marido, un señor vestido de chaquetón y corbata y un sacerdote, que conversaban animadamente.

"Creíamos que nunca llegarías –le dijo Marcos al verla, dándole un ligero beso en la mejilla–. Quiero que conozcas a Roberto Camuñas y al Padre Ángel Martínez de la Paz, el nuevo párroco de nuestra capilla del Condado. Roberto es el agente de bienes raíces que nos está ayudando a vender la casa."

Mariana le dio la mano a Camuñas y se volvió hacia el sacerdote para saludarlo. "Estaban viajando por separado para evitar una doble tragedia, ¿no es cierto? –dijo el Padre, haciendo una alusión velada al accidente de los padres de Marcos–. Hoy es necesario tomar esas precauciones, con la cantidad de desastres aéreos que hay." Y se inclinó para besarle gentilmente la mano.

"Me alegro de verte, muñeca –dijo Marcos–, José Antonio está en su cuarto mirando la televisión con un amigo. Quiero que conozcas al Padre Ángel. Llegó de Roma hace sólo una semana, donde asistió a la beatificación de Monseñor Escrivá de Balaguer, nuestro Santo Padre. Creo que le va a gustar mucho Puerto Rico, Padre, aunque somos en realidad una isla pobre, y el nombre que ustedes los españoles nos pusieron hace cuatrocientos años todavía resulte irónico."

El Padre se sonrojó y explicó que, en efecto, había estado en Roma, pero que no había asistido a la beatificación del fundador del Opus Dei. El propósito de su viaje había sido

19

visitar los archivos históricos de la biblioteca ecuménica del Vaticano, donde había unos documentos referentes a la historia de Oviedo, su pueblo natal en España, que le interesaba consultar.

Mariana miró al Padre de reojo. Reconoció la sotana de los Jesuitas, pero vio que la de éste era blanca en lugar de negra, y que la tenía pulcramente limpia. Le pareció percibir un leve perfume a nardos que emanaba de los pliegues color marfil de su hábito. "Es un cura refinado, muy distinto de los que suelen mandarnos de allá, reclutados entre los labriegos de las poblaciones" —se dijo—. Y debe de tener quién le cosa, porque esa sotana parece cortada por Dior, y con los cuarenta botones forrados a mano que le llegan de cuello a ruedo, debió de costar un capital."

"Han sido muy oportunas para nosotros las inversiones del Banco Santander en Puerto Rico, Padre, créame —dijo Marcos—. La adquisición del Crédito y Ahorro Ponceño hace ya algunos años, y más recientemente del Caguas Federal Savings, constituyen una inversión de más de ciento cincuenta millones de dólares en nuestra isla. Y cuando se celebre el plebiscito, que va a ser dentro de poco, si gana la estadidad, vamos a obtener aún más divisas extranjeras."

"Es cierto. En cuanto seamos un estado de la Unión Norteamericana aquí las propiedades van a subir de valor como la espuma, exactamente igual a como pasó en Hawaii. Yo que usted no vendía su casa, Don Marcos, sino que me compraba un par de casas más, preferiblemente en el Viejo San Juan." Camuñas hablaba con entusiasmo, pero al Padre Ángel aparentemente no le interesaba el tema. Dejó de prestarle atención y se volvió hacia Mariana.

"En Santander tengo la suerte de dirigir retiros de señoras como usted; no sabe lo que me gusta organizarlos —le dijo sonriendo—. Aquí pienso hacer lo mismo con las señoras de mi parroquia. Hasta Roma han llegado noticias de los más de diez mil feligreses isleños que han ido a visitar el Santuario de la Virgen en Yugoslavia recientemente, y de la piedad que se está despertando entre la gente bien de aquí."

Mariana lo miró con interés. Era muy bien parecido; tenía las manos más hermosas que había visto en su vida. Parecían pintadas por el Greco, con los dedos delgados y las uñas pulidas como almendras.

"Pues a mí la Virgen de Medjugorje me resulta algo controversial" –le dijo con un deje de indiferencia en la voz. Y le explicó lo que le había pasado a su madre, que justo en Medjugorje había perdido la memoria y la conciencia del mundo que la rodeaba, y se encontraba enferma de cuidado–. Más beneficiosas me parecen apariciones como las de la Virgen del Pozo de Sábana Grande, que ha venido a consolar a mucha gente pobre de esta isla que cree en ella – añadió–. Y sin embargo nuestro Arzobispo mandó a excomulgar a todo el que la visita. Yo soy imparcial, Padre, me atengo al rito, pero no dejo que las injusticias me cieguen. ¿Por qué excomulgar al creyente ingenuo, si la fe puede curarlo?" No sabía por qué había hablado así. Acababa de oír nombrar por primera vez a la Virgen del Pozo en el taxi y nunca había visitado su Santuario, y ya estaba defendiéndola a brazo partido.

Marcos sonrió fríamente. "Tú siempre la misma, Mariana, imaginándote controversias y buscándole cinco patas al gato. Mi mujer está muy politizada, Padre, el mal del que padece la mayor parte de la gente en esta isla. Por eso todos los días le doy gracias a Dios de que vivimos en Palma. Además, seguramente no ha dormido nada en el avión y el viaje de ocho horas la pone neurótica."

Mariana se replegó contra el respaldar del sofá. Había estado esperando el momento en que su marido blandiría contra ella el filo cortante de su voz, para recriminarla por algo. Siempre sucedía así; sobre todo cuando se reunían por primera vez con extraños.

El Padre Ángel siguió mirándola fijamente. "No tiene la

21

menor importancia lo que diga el Arzobispo –dijo en un tono conciliatorio–. La Virgen del Pozo es muy válida y en efecto ha sido un error prohibir su culto."

Cuando el Padre Ángel y Roberto Camuñas se marcharon, Mariana entró a ver a José Antonio. Estaba sentado en el piso de su cuarto mirando *The Little Mermaid* en televisión con un amigo y comiéndose un Polar Bear, que le había dejado las narices embarradas de chocolate. Era una versión doblada al español de la película, que no había llegado todavía a España. Mariana sacó un *kleenex* de su cartera y le limpió la cara. "¿Quieres ir conmigo al Parque Acuático mañana?" –le preguntó. La gran chorrera de agua era la última moda en Puerto Rico, lo había leído en el periódico esa mañana en el taxi. Todos los niños querían tirarse de cabeza a las millas por las cuestas de *fiberglass* azul llenas de curvas. "¡Claro que quiero; y que Manuel venga conmigo!" –dijo señalando a su amigo.

Algo más tarde, a la hora de dormir, Marcos entró detrás de Mariana al cuarto. Encendió el aire acondicionado, levantó el teléfono y llamó a su agente de corretaje. Desde el tocador del baño donde se estaba empezando a desvestir, Mariana lo escuchó darle instrucciones para que comprara al día siguiente unos bonos de corta duración. Se acostó en la cama y dio un suspiro de alivio. Marcos seguía enfrascado en la conversación, discutiendo el porciento de interés de los bonos y la fecha de maduración. Lo oyó entonces rezando antes de apagar la luz y lo último que pensó antes de dormirse fue que el cuarto olía a polvo y a telarañas, y que mañana sería necesario airearlo. Había que abrir de par en par las ventanas y sacudir las colchas, las alfombras y las cortinas; librarse de los miedos que no dejaban pensar, que hundían a uno en la depresión.

Mariana salió al día siguiente de la casa y fue en taxi hasta el Viejo San Juan. Eran las tres de la tarde y el calor la golpeó en plena cara cuando empezó a subir la cuesta del Banco Popular. A pesar de la cantidad de joyerías nuevas y tiendas de turistas que habían abierto y de la desaparición de uno que otro establecimiento como el Palm Beach –del cual todavía recordaba la sopa de pollo con fideos y vianda y el mambo de Pérez Prado que antes se escuchaba por todas partes–, el Viejo San Juan seguía siendo el mismo. Los choferes de taxi seguían jugando al dominó bajo los laureles de la plaza San Justo; el vendedor de piraguas estacionaba su carrito frente a la fuente pública al otro lado del edificio del Correo; el viento seguía haciendo de las suyas con las melenas, los periódicos y los billetes de la lotería agarrados con pinches de secar ropa a los alambres del carrito del revendón cargado de viandas y de vegetales frescos.

Llegó por fin a la portería de azulejos sevillanos del Asilo y tocó la campanilla. Una monja con toca blanca y almidonada como una vela de barco le abrió la puerta y le preguntó qué deseaba. Mariana preguntó por Matilde y la llevaron por un patio interior de losetas muy limpio, con arecas en tiestos por todas partes. En medio del patio había una imagen del Sagrado Corazón de Jesús que de pronto le recordó al Padre Ángel. Era rubio y de constitución delicada como él, con unos ojos azules muy poco nazarenos que la miraban con dulzura.

Hileras de ancianos en sillones de mimbre se mecían en silencio mirando un punto vélico perdido en el espacio, como si estuvieran de viaje por un mar lejano y no hubiese tierra a la vista por millas a la redonda. El cuarto de su madre era uno de los mejores: daba a un pequeño balcón soleado que miraba a la bahía. Frente por frente podía verse la Isla de Cabras, donde Matilde y Antonio la habían llevado muchas veces de niña a volar chiringas. El recuerdo le hizo sentir de pronto un nudo en la garganta y se le hizo difícil mirar de lleno a su madre. El aspecto que presentaba era patético: estaba sentada en un sillón, pero sin mecerse, inmóvil como una estatua. Miró a Mariana como si no tuviera la menor idea de quién era.

"¿Cómo estás, Mamita?" –le dijo, inclinándose para darle un beso en la mejilla.

Se sentó junto a ella y todas las preguntas que había planeado hacerle sobre su visita a Medjugorje se le hicieron sal y agua. Las lágrimas todavía le corrían mejillas abajo y no había podido pronunciar una sola palabra cuando la monja de la toca blanca vino a buscarla una hora más tarde, y le anunció que la visita había terminado.

"Tú crees que yo no estoy pero estoy aquí, hija mía, sentada muy cerca de ti en este sillón y mirándote, acariciándote con los ojos después de tantos meses sin verte. Lo que pasa es que no puedo hablar, le prometí a la Virgen que no violaría la ley del silencio que ella me impuso en el camposanto del Krisevac hasta que en Puerto Rico se detenga la ola de crímenes y de asaltos que hoy está a punto de ahogar a nuestras familias en un cataclismo de sangre. Hasta Medjugorje, esa aldea tan cerca del cielo donde sólo se escucha el bisbiseo de las nubes al pasar por entre los pinos eternamente verdes, ha llegado la fama de la degeneración de nuestra pobre isla, a la cual la Virgen se ha empeñado en salvar. Y aun tú, hija mía, que estás siempre tirándole los trastes a la cabeza al pobre Marcos, un día de estos vas a encontrarte también cara a cara con la serpiente del mal. La felicidad se te está escapando de entre los dedos y yo sólo puedo mirarte en silencio y compadecerte por ello. Estoy aquí, sentada en este sillón esperando al Enviado del Espíritu Santo. En cada país el Espíritu Santo tiene un delegado que la Virgen manda, para salvar a su rebaño de almas de la destrucción. Yo sé que El vendrá, y que juntas lograremos la salvación de nuestra pobre isla."

DIARIO DEL PADRE ÁNGEL

15 de noviembre

Acabo de llegar hoy a la ciudad de San Juan, a la cual me han enviado mis superiores con una — encomienda especial. La isla tiene algo de ala breve tendida sobre el agua, y el Caribe la rodea "con ✕ su cinto de bullentes arrecifes", como dice Tomás Blanco, un poeta local cuyos libros leí para prepararme antes del viaje, cuando me encontraba todavía en España. El Condado es un barrio extraño. Una hilera de edificios ultramodernos se — aglomera junto al mar, y arroja su dominó de sombras sobre la playa de arena blanca. La laguna de El Condado es uno de los lugares más hermosos de esta isla, por la proporción delicada de su óvalo perfecto, pero el agua está desgraciadamente contaminada. El brisote que se eleva del mar y que me — revuelve la sotana y el pelo a todas horas cuando camino por las calles es uno de los atractivos mayores de esta ciudad marina.

16 de noviembre

Hoy visité por primera vez mi nueva parroquia de El Condado, así como su capilla, dedicada a Stella Maris. Es un nombre que me gusta, porque se trata de la Virgen de los Pescadores, la Estrella Polar que brilla sobre el mar y nos lleva a puerto seguro; y porque me trae recuerdos de los humildes sardineros de Santander. San Juan también es una ciudad puerto, pero los pe(s)cadores con los — que tengo que lidiar acá son muy distintos a los nuestros: tienen lanchas de placer de miles de dólares atracadas a los muelles del Yatch Club, o en un lugar que llaman Isleta Marina en un pueblo

25

del este llamado Fajardo que aún no he tenido la oportunidad de visitar.

La capilla de El Condado no es gran cosa; da bastante que pensar sobre la generosidad de la gente bien de esta ciudad. Tiene techo de planchas de zinc, unas persianas de vidrios amarillos y azules bastante ordinarias y un toldo de tela a la entrada que estaría más adecuado sobre la cubierta de babor de un yate. ¡Vaya contraste con nuestra Basílica de Santa María Invicta, que edificamos en Oviedo con los generosos donativos de nuestros banqueros santanderinos y vascos! Una igual habremos de construir nosotros en El Condado, antes de marcharnos de esta isla.

La capilla da a una placita muy agradable y sombreada, con un busto de Cervantes y una escultura de mármol de una mujer sentada que debió venir originalmente de alguna tumba. La placita está rodeada de los condominios más lujosos y modernos de la ciudad. Pese a ello, recaudar fondos entre mi nueva grey no parece que ha de ser cosa fácil, a juzgar por la parquedad de los donativos que mis feligreses han dejado caer en el cepillo este domingo.

22 de noviembre

Virgen Santísima, alguna razón tendrás para aparecerte en esta isla tan a menudo entre la gente humilde. He estudiado un poco la historia religiosa local y he descubierto que te apareciste por primera vez en el pueblito de Hormigueros en el

26

siglo 16, donde detuviste el testuz de un toro cima-
rrón que estuvo a punto de cornear a Giraldo Gon-
zález, el deán de la iglesia del pueblo. Luego te
apareciste en el barrio de Lomas Verdes de Baya-
món, en una cancha de baloncesto, donde detuvis-
te la bola del equipo visitante que había venido de
Milwaukee, no permitiéndole encestar hasta que
triunfó el equipo de los jugadores del patio. Luego
te presentaste en un barrio de Juncos, encima de
un tanque de agua que dicen se convirtió en leche
de cabra. Luego en El Monte Santo, cerca de un
lago que llaman Guavate, donde van todos los ha-
bitantes de esta isla que padecen de cataratas, y
allí les reparas milagrosamente la vista enferma.
Luego en la iglesia del pueblo de Juncos, donde tu
estampa expuesta sobre el tabernáculo del altar un
día comenzó a llorar lágrimas verdaderas. Luego
en el pueblo de Carolina, encima de una palma de
coco, lo cual desató rumores absurdos de que eras
del Partido de la Palma, el partido conservador en
la política insular. Y finalmente te apareciste en el
Barrio los Pozos de Sabana Grande el 23 de abril
de 1953, y allí regresaste 33 veces y dejaste 33 men-
sajes, siendo ya develados los primeros tres, en los
cuales te quejas del materialismo rampante que
abruma a esta pobre isla.

Virgen Purísima, devélame la razón por la cual
prefieres que los ricos de esta isla tengan que via-
jar hasta Medjugorje para verte, cuando acá te les
apareces a los pobres en todas partes. Tú eres la
verdadera demócrata del cielo, la que nos viene a
visitar a cada rato, mientras que Nuestro Señor se
dignó a residir entre nosotros una sola vez y no ha
de volver a hacerlo hasta el día del Apocalipsis.

25 de noviembre

Hace unos días leí en el periódico una noticia que me hizo ver hasta qué punto el movimiento feminista ha tomado auge en esta isla caribeña. La "marinovia" de un respetado senador lo ha llevado a la corte porque, en una disputa acalorada, se fueron a las manos y el senador le rompió la boca con un teléfono. La "marinovia", que no sólo vive una vida licenciosa, conviviendo públicamente fuera de matrimonio con el senador, si no que también es "licenciada", se ha visto alentada públicamente por un sinnúmero de mujeres que han enviado cartas a la prensa defendiéndola, y ofreciendo apoyo a su causa. El infierno debe de estar hoy lleno de diablas feministas, que avientan el fuego de las hogueras con sus alas.

26 de noviembre

Esta es sin duda una burguesía al borde del ataque de nervios. Aquí la gente ha perdido por completo la habilidad para profundizar en sí misma, para entrar en esa cámara maravillosa donde reside el alma. Los domingos la gente va a Plaza Las Américas en lugar de ir a la Iglesia. Mientras más del sesenta por ciento de la población recibe lo que ellos llaman pintorescamente "sellos de alimento" –los vales multicolores repartidos por el gobierno federal a los desempleados; el veinte por ciento sólo piensa en comprar carros deportivos, muebles, joyas, ropa y perfumes. Se gastan cientos de miles de dólares en la remodelación de sus casas

y desde las seis de la mañana están con los obreros
metidos en el seno del hogar, demoliendo paredes
y pelando el ojo para que no les roben los cubiertos
y las bandejas de plata. Todo el que es "hijodealgo"
tiene por lo menos dos casas de veraneo, una en
Palmas del Mar y otra en Vermont; los doce meses
del año no dan para la cantidad de viajes de placer que emprenden. Los pobres viven aquí en unos
complejos de vivienda pública que llaman residen-
ciales, que se han convertido en colmenas de cri-
minalidad, prostitución y tráfico de drogas. A estos
arrabales disfrazados los llaman pintorescamente
"falansterios", palabra que irónicamente inventó
Charles Fourier, el gran filósofo y sociólogo fran-
cés, creador de las comunidades utópicas en las
cuales se buscaba alcanzar la igualdad y el bienes-
tar mediante el trabajo libremente consentido.

27 de noviembre

Entre las esposas que me han venido a visitar
recientemente estaba Mariana Robles, la esposa de
Marcos Robles. Mariana me simpatizó desde el
primer momento en que la conocí. Es una mujer
que no vive para las joyas y los modelos de alta
costura, como sucede con la mayor parte de las señoras de aquí. En ella habría madera de misionera, si no estuviese casada. Marcos Robles es uno de
los dirigentes del movimiento del Opus Dei en Mallorca —movimiento con el que yo no simpatizo.
Lejos de emplear sus energías para lograr metas
sociales edificantes, los miembros del Opus se
limitan a velar por los bienes terrenales de la
Iglesia, alegando que sin el apoyo de la burguesía

29

conocedora de los complicados procesos financieros del mundo moderno ésta no sobreviviría ni un año. No por eso he dejado de visitar a Marcos, sin embargo, pues su amistad en Puerto Rico puede resultarnos beneficiosa.

Mariana, sin embargo, es algo muy distinto. Su sinceridad y su espontaneidad me resultan refrescantes. La enfermedad de su madre, que se encuentra asilada en una institución, la ha afectado mucho; verla en el estado en que está ha sido para ella un golpe duro. Afortunadamente, ahora ya no se encuentra tan "angustiosamente sola", como me dijo en una conversación reciente, porque me tiene a mí, su padre espiritual, que le serviré de apoyo.

28 de noviembre

Hoy me vinieron a visitar a la parroquia Lola y Rosa Tristani, las tías de Mariana Robles. Me hicieron toda clase de anécdotas sobre su visita a Medjugorje, e incluso me trajeron una relación escrita, que me pidieron guardara en los archivos de la parroquia como su testimonio espiritual. He decidido citarlo aquí, porque me parece interesante.

"Testimonio de dos Hijas de María, en ocasión de su visita al Santuario de Medjugorje, el 20 de mayo de 1991:

"El día que subimos juntas la cuesta del Podboro, al que llaman Monte Santo, todo el mundo iba llorando y rezando el rosario; nuestra cara-

vana de peregrinos parecía un solo cuerpo lleno de ardorosa fe. El Padre Jozo, todo vestido de blanco como el príncipe croata que es, nos esperaba en la cima del Podboro, donde oficiaba, junto con sus ayudantas vestidas de gasa blanca, los misterios de la Virgen.

"Una planicie de piedras como la del Gólgota, en la que no crece nada, y sobre la cual los peregrinos levantan sus cruces de madera, nos recibió. No hicimos más que llegar, que comenzaron a ocurrir los prodigios. Las personas más ancianas se sintieron mucho más jóvenes; caminaban sin dificultad por entre las piedras como si les hubiesen crecido alas en los tobillos. Una energía misteriosa recorría a la concurrencia, y muchos enfermos comenzaron a sentirse sanados de sus males. Parecía igual que en Cocoon II, *donde los ancianos se curan de sus enfermedades y encuentran el secreto de la inmortalidad. En esa película los ancianos pueden llevar a cabo proezas físicas extraordinarias, como nadar con agilidad de peces por debajo del agua.*

"Cuando llegamos a la cima nos tomamos de la mano, y el padre Jozo nos ordenó que nos arrodilláramos sobre las piedras, que de pronto se habían vuelto suaves y blandas como el algodón. Junto a nosotras se arrodillaron Vida, Jakov, Ivanka y Marina, los cuatro jóvenes videntes. Son unos croatas monísimos, que se parecen mucho a los jóvenes del grupo Menudo. Todos juntos empezamos a rezar en voz alta el rosario y muy pronto una especie de niebla empezó a emanar de las piedras y de los cuévanos rocosos sobre los que nos encontrábamos hincados. La

31

niebla se mezclaba con el ropaje blanco del Padre Jozo y de las jóvenes, que empezaron a flotar frente a nosotros empujados por un viento perfumado que se levantó a nuestro alrededor. De pronto todos empezaron a gritar ¡La Gospa! ¡La Gospa! Aunque no podíamos verla sabíamos que la Virgen estaba allí, y la prueba de su presencia era aquel maravilloso viento del Espíritu, 'que sopla donde quiere'."

No rechazo la validez del documento; la Virgen es capaz de hacer eso y más.

✕   Nota al calce: cuando le pedí a Rosa y a Lola un donativo para la Basílica de Santa María Invicta luego de aceptar su documento para nuestro archivo, donaron sólo cien dólares —cincuenta cada una— para nuestro proyecto.

DIARIO LA PRENSA

"LA VUELTA AL HOGAR"
(Primera parte)
3 de diciembre de 1992
Por: Mariana Duslabón

Cuando en el 1882 Alejandro Tapia y Rivera escribió sus *Memorias* y les puso como subtítulo: *Puerto Rico, cómo lo encontré y cómo lo dejo*", jamás soñó el cambio que daría su patria ciento diez años más tarde. Nuestra metamorfosis ha sido tan veloz que a veces yo misma tengo que asegurarme que no sueño; pincharme el dedo con el moriviví borincano para despertarme. Esta ha sido la década de los cambios y de las sorpresas. Iris Chacón se unió a la Iglesia de Yiye Ávila y le cubrieron el trasero monumental con un pañuelito de Cardin; Lausell, el líder de las huelgas de la UTIER, se convirtió a Testigo de Jehová y confesó públicamente que fue él quien seis años atrás puso las bombas de Fuentes Fluviales, haciendo quedar en ridículo a la batería de abogados liberales que lo defendió en las cortes; Filiberto Ojeda Ríos, después de meterse a Machetero y de ayudarlos a robarse los veinte millones de la Wells Fargo, se disfrazó de Rey Mago para repartirles juguetes a los niños pobres de Hartford.

Después de seis años de ausencia yo pensaba que regresaba a mi isla paraíso, y resulta que he regresado a un infierno. Si uno sale de la casa cartera en mano, ¡ojo! no se trata de una simple cartera, sino de un carga pistolas disimulado que nos cuelga del hombro. El tráfico se mide por horas y pulgadas; si un centímetro de largo en la nariz equivale a diez pies de eslora en un barco, diez metros de distancia en una calle sanjuanera equivale hoy a diez millas de tapón sin sacacorcho. Las calles padecen un estreñimiento crónico que envenena nuestro ambiente con sus gases. Construidas en los años cuarenta y cincuenta para una población de quinientos mil habitantes, no dan abasto para el más de millón y medio que hoy la habitan. Con nuestro sistema

33

de alcantarillado público sucede algo similar. En El Condado, por ejemplo, las tuberías subterráneas están tan sobrecargadas que si en todos los condominios halaran la cadena del sanitario al mismo tiempo, el pavimento de las calles explotaría, y las aguas negras inundarían la ciudad.

DIARIO LA PRENSA

"LA VUELTA AL HOGAR"
(segunda parte)
25 de diciembre de 1992
Por: Mariana Duslabón

El número cada vez mayor de jornadas festivas en nuestra isla ha tenido como resultado el que nuestros días hábiles se hayan reducido a un mínimo. El folklore popular ha recogido esta situación en una infinidad de anécdotas, pero la más ocurrente la oí la semana pasada. Dos Marielitos (los cubanos que salieron huyendo por el puerto de Mariel) se murieron en Miami y llegaron al cielo, donde fueron a ver a San Pedro para que les diera trabajo. San Pedro miró en su libro y vio que en Alemania necesitaban un palero, para que recogiera el estiércol de las vacas. "En Alemania pagan muy bien —le aseguró—, las vaquerías son muy modernas, tienen los últimos adelantos científicos, y a todos los paleros los visten con uniforme y guantes blancos, de manera que no se sentirán denigrados por lo que tienen que hacer." El primer Marielito aceptó el trabajo y San Pedro lo mandó para Alemania. San Pedro buscó entonces su libro y vio que en Puerto Rico necesitaban también un palero, para que recogiera la cagarruta de gallina que se acumulaba al fondo de los torrefactores de huevos, y le dijo al segundo Marielito:

"Puerto Rico es muy bonito, a pesar de ser una isla bastante atrasada, nunca hace frío y la gente es muy simpática." Al Marielito no le gustó mucho aquello de ir

34

a trabajar a un país tercermundista, pero como no había más opciones aceptó. A los tres años, cuando se cumplió el contrato, los dos Marielitos regresaron al cielo. "¿Cómo te fue en Alemania?" –le preguntó San Pedro al primer Marielito–. "Muy bien, muy bien. Pero he recogido tanto estiércol que se me han pulverizado las costillas y me siento como si hubiese avejentado diez años." En efecto se veía flaco y ojeroso, y tenía el pelo completamente blanco.

Al segundo Marielito, sin embargo, se le veía descansado y fresco como una lechuga. "¿Y a ti cómo te fue en Puerto Rico, amigo?" –le preguntó San Pedro. "Pues muy requetebién –contestó satisfecho–. "Es cierto que no me pagaron casi nada y que en Puerto Rico, cuando había pala no había gallinas, cuando había gallinas no había pala, y cuando había las dos cosas era día de fiesta. Pero por lo menos nunca tuve que matarme batiendo mierda." Esta anécdota me pareció indicativa de los males de los que adolece hoy la isla.

DIARIO LA PRENSA

"LA VUELTA AL HOGAR"
(tercera parte)
3 de enero de 1993
por: Mariana Duslabón

Los puertorriqueños somos un pueblo psicológicamente complicado; no somos ni latinos ni sajones, sino una mezcla de ambos, un híbrido extraño. La influencia norteamericana va sin duda en aumento, pareja a una conciencia cada vez más aguda de nuestra puertorriqueñidad. El culto a los aeróbicos ha tomado vuelo entre nosotros y ha puesto fin al cigarrillo y al abuso del licor, mientras que el Sida ha frenado el libertinaje sexual. Pero la exorbitancia Caribe tenía que explotar por algún lado, porque si no la neurosis colectiva acabaría con nosotros. Ha estallado por el paladar: la gula

35

es hoy uno de nuestros pecados capitales, y en las delicias de la mesa nos declaramos pecadores internacionales. Los medallones de ternera francesa con *velouté* de *escargots*, el venado a la vienesa con salsa de fresas, el pernil *a la Créole* con salsa de tamarindo parecen ser al presente nuestros platos preferidos, según una encuesta llevada a cabo en este diario. ¿Qué tienen que ver esas comidas con nuestra isla, díganme ustedes? Nuestro humilde lechoncito en su vara, nuestras alcapurrias, nuestras almojábanas ¿a dónde han ido a parar? En el Museo del Instituto de Cultura, desgraciadamente, todavía no han abierto una sección culinaria.

El Viejo San Juan se ha vuelto una verdadera meca del *gourmet*, un paraíso de las delicias del paladar. Frente al *Parking* de Doña Fela se encuentran tres establecimientos al cual más exótico: el Pikayo (comida que llaman Cayún, un invento bárbaro de los bayoús de Louisiana), el Yukiyú (que combina recetas japonesas con nombres taínos ¿habráse visto algo más tirado por los pelos?) y el Santiago (que ofrece las mismas recetas que se servían durante los peregrinajes a Compostela durante la Edad Media). La ciudad de San Juan Bautista ha negado a su patrono anacoreta y se ha entregado a un sibaritismo del paladar que sólo puede compararse al de Roma.

Hasta aquí el reportaje de hoy sobre mi "vuelta al hogar" al cabo de seis años de ausencia.

DIARIO LA PRENSA

"LA VUELTA AL HOGAR"
(cuarta parte)
17 de enero de 1993
Por: Mariana Duslabón

El recuerdo de nuestra isla ha estado relacionado en el pasado a sus bellezas naturales; a una tranquilidad paradisíaca cuyo recuerdo llevábamos con nosotros a todas partes. Los que emigraban a Chicago, cuando se asomaban a las estepas heladas del lago Michigan, evocaban los montes esmeraldinos de Aibonito; los que viajaban a Nueva York y se sentían aplastados por las estalacmitas gigantes de los rascacielos, pensaban en los robles rosados y en los flamboyanes color flama de la carretera de Barranquitas; los que viajaban a Worcester veían las chimeneas de acero de las fábricas y evocaban los yagrumos plateados diciéndoles adiós desde las laderas de Lares. Hoy, sin embargo, todo eso ha cambiado. Cuando se regresa a la isla, lo primero que uno ve es la violencia en las calles. Las aceras están cubiertas de vidrios de las ventanas de los carros, rotas por algún maleante a golpes de tubo; detenerse en una luz roja después de las diez de la noche es un suicidio.

Hace algunos días, un compositor amigo mío detuvo su Volvo en una luz roja en la esquina del Parque Muñoz Rivera, justo al frente de la estatua de Isabel la Católica, a eso de la media noche. Desgraciadamente hacía calor, y había bajado el cristal de la ventana de su auto para dejar entrar un poco de brisa. ¡Error monumental! Un Toyota último modelo se detuvo algunos segundos después junto al suyo, a esperar a que cambiara la luz. En él iban unos títeres de camiseta y mahones, residentes del residencial Las Acacias, evidentemente metidos en tragos. Empezaron a gritarle insultos e improperios, tratando de que nuestro amigo compositor volviera hacia ellos el rostro. Este no les hizo caso; quería evitar a toda costa un posible atraco. Titubeó algunos segundos antes de pisar el acelerador para escapar. De pronto recibió un golpe tremendo en el lado izquierdo del rostro. Los vándalos le habían arrojado un plátano verde como proyectil desde su vehículo. Volando con precisión mortal, la punta del plátano le penetró por el ojo izquierdo y lo dejó ciego. Los vándalos lo obligaron a descender tambaleándose del vehículo, le robaron el Volvo y lo dejaron a pie en medio de la Ponce de León, con la cara chorreando sangre. Me pregunto ¿Qué tipo de música hubiese compuesto nuestro amigo Rafael Hernández si hubiese vivido hoy en la isla? ¿Volvería a escribir *Preciosa*, o intitularía su bolero de otra manera?

37

DIARIO DEL PADRE ÁNGEL

15 de diciembre

El proyecto para la Basílica de El Condado no adelanta. Mis parroquianos, que son los más llamados a colaborar en él, me han dado la espalda. Hace algunos días, luego de hablar del proyecto largamente en mi sermón del domingo, convoqué a la primera reunión de nuestra campaña para recoger fondos y escasamente vino una media docena de feligreses, las beatas y viudas medio enajenadas de siempre.

16 de diciembre

Mariana Robles ha vuelto hoy a visitarme y me ha confesado que se encuentra profundamente angustiada. Aunque no la conozco todavía lo suficiente sé que algo anda mal en su matrimonio. El deber de Mariana es tener paciencia, no resentirse por los rechazos de Marcos. El amor exige una enorme dosis de sacrificio para que su esencia fluya y se manifieste en quienes nos rodean. Si llega a divorciarse, se unirá al triste comercio de esas mujeres que buscan compañía pasajera, encaramadas a los taburetes niquelados de los bares del Viejo San Juan; a esas bandadas de divorciadas que, como Francesca da Rimini, son llevadas de aquí para allá por los vientos del Infierno, como remolinos de hojas podridas.

17 de diciembre

Ayer hablé con Marcos y parece que lo están preocupando los artículos que Mariana ha empezado a publicar en el Diario la Prensa. *Marcos es un hombre que aprecia la privacidad. Le molesta que su mujer aparezca en los periódicos señalando unos problemas sociales que nadie logra resolver. Por otro lado, piensa también que sus artículos pueden afectar su negocio de muebles, porque algunos de ellos son reproducidos en diarios continentales como* La Prensa *de Nueva York y* La Gaceta *de Miami, y sus clientes, al leerlos, pueden dejar de venir a la isla. En Palma Mariana escribía sobre las bellezas naturales y arquitectónicas de Mallorca y Marcos le ha pedido que haga lo mismo en Puerto Rico. Desde su regreso, sin embargo, Mariana se ha sentido tan conmovida por lo que ve que no le ha sido posible mantenerse en el plano estético. Me ha dicho que está cansada de oír a todo el mundo quejarse de los problemas del crimen, de la droga, y de los abusos del gobierno, sin que nadie se decida a hacer nada por remediarlos.*

3 de enero

¡Pobre Marcos Robles! Como feligrés devoto, es sin duda un marco que se quedó sin cuadro! He llegado a la conclusión de que su matrimonio con Mariana fue una equivocación desde el primer momento. Ahora no sólo le ha prohibido escribir sus artículos en el periódico, sino que tampoco quiere que siga acompañándome durante mis visitas a

39

Cantera, porque dice que la obra social que estamos llevando a cabo le compete en realidad al gobierno, y no a la Iglesia Católica ni al sector privado.

Es cierto que Marcos viene de una familia mallorquina de origen ilustre, o de supuesto origen ilustre. También es cierto que en España las familias más rancias son a veces las más baturras. La incultura y la ignorancia no son un onus en mi patria; más bien son señal de distinción. Llegar a rico sin educación quiere decir ser heredero de mucha monta, ser un verdadero "hijodalgo". En cuanto a la devoción a Cristo, "obras son amores", como dicen en Castilla la Vieja. De nada le vale a uno venteárselas de caritativo y de cristiano viejo si se pasa la vida rezando y con el mazo dando, acumulando fortuna mientras el pobre se nos muere de hambre a la puerta.

Pero no todos los pares de España son nones. Mi familia también es noble; sus restos se encuentran enterrados en la cripta de la Catedral de Oviedo. Y es precisamente porque nací en una familia aristocrática por lo que mi deber es hacer algo por los desamparados del mundo. Mi tatarabuela, la condesa de Oviedo, contrajo la peste bubónica cuando se dedicó a suministrarle pan y sopa de rabo de buey a los indigentes.

Yo tuve el valor de seguir a Cristo. Abandoné mi casa, abandoné mi familia y mis amigos, abandoné mi carrera de psiquiatría. Me aterraba precisamente un destino como el de Marcos; quedarme prisionero del orgullo de la familia, ser en el fondo un papanatas. ¿Qué ha hecho Marcos Robles, después de todo, con su vida? En un nivel público – como miembro del Opus Dei–, invertir los dineros de la Iglesia con acierto y ganarse la envidia y el rencor de quienes les mortifica tener que deberle favores. En un nivel privado, heredar la fortuna de sus padres y acrecentarla en una mínima parte. Yo, sin embargo, he conquistado mi hacienda con mi propio esfuerzo. Moriré pobre, pero mi premio ha de ser la vida eterna.

15 de enero

Creo que la razón por la cual me hace tanto bien la amistad de Mariana es porque se parece tanto a mi hermana Teresa. Teresita tenía los ojos de ese mismo cuarzo límpido, y se sujetaba el pelo rubio con una cinta celeste igual que ella. Su presencia frecuente en la parroquia me causa una gran felicidad. Mariana, como Teresita, tiene una vida interior auténtica, aunque en lugar de expresarla en actos de piedad la expresa en el compromiso que tiene con la gente humilde y con el bien social. Viene a la parroquia todos los días a ayudarme; juntos hemos empezado a visitar el barrio Cantera, donde últimamente se ha empezado a fomentar una gran devoción hacia la Virgen.

26 de enero

Querida Tere del alma:

Hoy se cumple el décimo aniversario de tu muerte y quiero que sepas que nunca habré de olvidarte. Aun aquí, a esta isla perdida del Caribe adonde he venido huyendo de tu recuerdo y que nada tiene que ver con nosotros, traje conmigo tu retrato, que colgué de inmediato sobre mi escritorio en la

41

parroquia. Por barco vienen unos cien ejemplares de tu biografía, que pienso repartir entre las señoras de El Condado, para que les sirvas de ejemplo. Quiero que descanses tranquila: en Oviedo nunca se supo el motivo de tu retiro del mundo. Sin que tuviera siquiera que sugerírtelo te uniste a la orden de las Carmelitas Descalzas, la más estricta de la ciudad, y allí te fuiste santificando, adensando en esa pureza de nardo que nunca perdiste y que fortalecías a fuerza de sacrificios.

Tomaste tan a pecho la vía de la expiación en las penumbras del convento que muy pronto enfermaste y pasaste a mejor vida. A mí me tocó despedir tu duelo frente al ataúd abierto, en el cual tu hábito negro resaltaba aún más la blancura de nieve de tu frente.

27 de enero

Ayer hablé de nuevo con Mariana. Es una mujer de sentimientos nobles, inteligente. No le ha hecho caso a Marcos Robles y viene todas las mañanas a ayudarme en la parroquia. Nos adentramos juntos por el infierno de Cantera, donde uno puede fácilmente ganarse el cielo. Cantera queda irónicamente muy cerca de lo que llaman aquí "la milla de oro" de Hato Rey; la manzana de edificios más imponentes de la capital, donde se encuentran situados casi todos los bancos.

Hace algunas horas llegué a la conclusión de que los habitantes de El Condado no se merecen que se construya una Basílica en su vecindario. No han demostrado absolutamente ningún interés en el proyecto; nadie se ha ofrecido a ayudarnos, donando un instante de su tiempo, dinero o entusiasmo. He hablado largamente con Mariana sobre el asunto y hemos decidido que la Basílica debería construirse en Cantera, justo donde el Caño de Martín Peña desemboca en el mangle de los Corozos. Allí hay un solar espléndido, y nos hemos enterado de que el Municipio lo ha puesto a la venta.

En Cantera asesinan semanalmente a alguien; las guerras intestinas entre los que operan los puntos de droga son constantes. Si un líder de una pandilla se queda con una porción mayor del beneficio que le toca de la venta de la "tecata" –como llaman aquí a la heroína–, al instante tiene al suplidor persiguiéndolo para "ultimarlo". Los policías no se atreven a entrar al arrabal a menos de que sea en grupos de tres y armados hasta los dientes, y rara vez se ve a un forastero (cualquiera que no sea oriundo del lugar) caminando por allí. A nosotros, sin embargo, sus habitantes sólo nos han demostrado cariño. Es conmovedor cómo la gente acude a hablarnos, al vernos llegar en la camioneta roja de la parroquia. Saben que estamos allí para ayudarlos y se ponen inmediatamente a nuestras órdenes. Hemos abierto un dispensario, donde hemos empezado a ofrecer unos servicios médicos elementales, como darles a los niños vermífugo para las lombrices y píldoras de hierro y de vitamina B12 para la anemia; penicilina a los hombres para evitar la sífilis; y a los jóvenes condones para prevenir el SIDA (esto último, claro está, en

43

la más estricta secretividad).

La gente no sólo ha empezado a venir a curarse, si no que también nos traen a sus perros y gatos para que se los purguemos y vacunemos. En Cantera todo el mundo tiene un perro, casi siempre de pelambre amarilla y dura, hocico negro como el alquitrán y corazón de oro. No son lo que se dice atractivos, pero son de una lealtad literalmente a prueba de balas; ladran como desesperados cuando algún maleante intenta asaltar la casa de sus dueños. Cuando entramos al barrio, todos los perros nos conocen y ninguno nos ladra; se ponen tan contentos que parece que se les va a caer la cola, de tanto que la mueven. Las visitas a Cantera nos han abierto a Mariana y a mí los ojos sobre cuáles son las verdaderas necesidades de este pueblo. Construir la Basílica de la Virgen en sus linderos nos va a dar una satisfacción extraordinaria.

Me he hecho amigo de Manolo Covadonga, el jefe de la banda de Los Alacranes Eléctricos. El nos ha dado un salvoconducto para entrar y salir de Cantera cuando nos plazca, cruzando por los puentes de tablones que atraviesan los canales pestíferos de los mangles. Si quieres hacer el bien, que tu mano izquierda no se entere de lo que trama tu derecha, así como tampoco a la inversa. La caridad ha de venir de todas partes. Por eso me gusta repetirle a menudo a Manolo aquellas palabras de Cristo: "Haz el bien y no mires a quién".

Yo sé de buena tinta que a Los Alacranes Eléctricos les interesa que se construya una iglesia Católica en Cantera, porque el Templo de la Diosa Amita se encuentra situado en Barrio Obrero, un barrio colindante al suyo. El Templo de Amita costó más de tres millones de dólares, que los Amita pagaron de contado. Dicen que al arquitecto Fede-

44

rico Montilla por poco le da un vahído, cuando vio tantos billetes juntos dentro de una maleta abierta sobre la mesa de su escritorio, el día que vinieron a pagarle. Montilla es un arquitecto muy reconocido de El Condado, a quién podríamos también comisionarle los planos de nuestra Basílica, para que no se diga que tenemos ninguna clase de prejuicio contra los feligreses de los barrios más exclusivos de la capital.

Los Amita tienen un sistema eficiente de recaudación de fondos. Envían a sus Pastores Menores, los sargentos de la organización, a cobrarles a sus fieles un por ciento mensual del sueldo que ganan. Casi todo el mundo paga gustoso; la mayoría de ellos tienen trabajo gracias a Amita, que es dueña de gran parte de los negocios de Barrio Obrero.

Manolo Covadonga es quien me ha contado todo esto. Manolo nació en Cantera y él piensa que es el lugar más hermoso de la tierra. Como anda siempre en motocicleta y se gana la vida como mensajero, conoce la ciudad como sus manos. Manolo hace mucha labor social en Cantera. Ha pagado de su bolsillo los cables eléctricos que él y los de su pandilla han tendido clandestinamente a lo largo de los callejones para alumbrarlos en las noches, conectándolos a los cables de la luz que atraviesan por la avenida. Ha comprado tuberías de plástico y ha comenzado un sistema de desagüe cercano a las casas, del que los vecinos de Cantera pronto podrán beneficiarse sin pagar un centavo. Nos hemos hecho amigos y me encanta hablar con él. Pienso que somos almas afines. "Yo le robo al gobierno para dárselo a los pobres —me dice con una sonrisa ingenua—, y usted le pide a los ricos, y a los que no le dan nada, los manda a freír a las pailas del infierno." Solté una carcajada cuando

45

oí aquello. Aunque pedirle a los ricos no es exactamente lo mismo que robarle al gobierno, puede que haya un grano de verdad en lo que Manolo dice.

Manolo es un muchacho alto y de constitución atlética. Es hijo de una prostituta y de un plomero de Cantera. Su madre murió de sífilis cuando tenía un año y fue el plomero quien lo crió y le enseñó desde muchacho a bañarse y a llevar siempre la ropa limpia. Su casa era una de las pocas del vecindario en las que había agua corriente y no había que cargarla en baldes desde la laguna. Pero su padre comenzó a beber y le pegaba, y a los catorce años Manolo se fue a vivir al cementerio de Isla Verde, donde hay unos panteones de mármol muy cómodos, con sólidas puertas de hierro. Comía en el Kentucky Fried Chicken y en el Taco Maker, se bañaba en la playa cercana, dormía en un banco de madera de un mausoleo. Cerca había tres lugares que le fueron de gran utilidad: el junker de carros viejos (así le dicen aquí a los cementerios de autos), de donde poco a poco fue sacando las piezas con las que reconstruyó su motocicleta vieja; y el San Juan Intercontinental y el Holiday Inn, donde repartía periódicos en su motora. No me cabe la menor duda que de tanto en tanto hacía algún dinerito birlándole los relojes y las carteras a los turistas. ¿Quién podrá culparlo, viendo lo que ha sido su vida?

Manolo regresó después de un tiempo a vivir en Cantera, y hoy se preocupa mucho por su barrio. "Haz el bien y no mires a quién –dice imitando mi voz y guiñándome un ojo–. Yo soy como Robin Hood, me robo de vez en cuando algún Saab o algún BMW, lo hago desmontar en piezas y las mando a vender a Santo Domingo; pero lo hago para ayudar a mis vecinos a vivir mejor."

Estoy seguro de que Manolo no roba coches ni

46

nada por el estilo, porque no se atrevería a confesarse conmigo semanalmente. Me habla así en broma, para impresionarme. Por otro lado, mis vecinos de El Condado también son pecadores a su manera, y los de Cantera son mucho más generosos que ellos. Manolo y sus amigos tienen un gran interés en que las cosas cambien; han demostrado un deseo auténtico de regenerar sus vidas. Es por eso que todos los días viene algún Alacrán Eléctrico hasta la puerta de la parroquia en su motocicleta, con un donativo de cien, doscientos, y hasta de quinientos dólares para nuestra Basílica de Santa María Invicta.

30 de enero

Ayer edificamos una capillita con maderas Massó en el solar de los Corozos. Tiene paredes de plywood y techo de planchas de zinc, y encima del altar, que está hecho de cajones de refrescos pero que nadie lo diría, porque los feligreses de Cantera lo han decorado a la moda de los cuadros haitianos, con gallos, gallinas, conejos y pavoreales, todos los animales del Arca de Noé pintados en colores brillantes, colocamos una hermosa cruz de caoba tallada que Manolo dice apareció por casualidad en la playa de Isla Verde el Viernes Santo.

Hoy he tenido la suerte de bautizar en nuestra capilla a Manolo y a sus amigos. Hace ya algunos meses me pidieron que lo hiciera. Se deshicieron de sus chaquetas de cuero y de sus camisetas con alacranes pintados, se vistieron con ropa blanca, y juraron que en adelante se dedicarían a hacer el apostolado conmigo. En el San Juan Intercontinental nos regalaron un camión lleno de uniformes

47

de mozo, al que se le metió un poco de agua en las últimas lluvias torrenciales. Los uniformes estaban algo manchados, pero en buenas condiciones, casi no se habían deteriorado y yo los repartí entre ellos. Desde su bautizo insisten en que ya no se llaman los Alacranes Eléctricos, sino los Arcángeles Eléctricos.

31 de enero

Soy un hombre afortunado. Me encuentro convencido de que la Santísima Virgen ha escogido a Puerto Rico para un designio especial. La Virgen, además de ser la madre de Dios, encarna una fuerza cósmica poderosa y su influencia puede cambiar profundamente la vida de los hombres. Sus frecuentes apariciones en beneficio de los pobres son un indicio de que ella quiere obrar sobre Puerto Rico, hacer que sus habitantes veneren su fuerza.

31 de enero, P.M.

Hoy vino a visitarme al dispensario de Cantera un agente de la policía local, el coronel Martín Cruz Rivera. Me ha informado que sospechan que Manolo Covadonga es el líder de una ganga que roba bancos. La semana pasada hubo un robo a una sucursal del First Federal en Carolina, y aunque los asaltantes estaban disfrazados con pelucas y máscaras sospechan de Manolo. Una cámara de video oculta en el lobby del banco filmó el evento, y dicen que salió alguien que se le parece. Dicen que Manolo brincó el mostrador donde se ubican las cajas y que él mismo las limpió de dinero. Cuando uno de los miembros de la ganga se puso nervioso y estuvo a punto de dispararle a uno de los empleados que no quería tenderse boca abajo en el piso, Manolo se interpuso frente al arma y estuvo a punto de perder la vida por salvar al indefenso.

¿Será o no Manolo el autor del crimen? Me da una tristeza enorme nada más que de pensarlo.

1 de febrero

Teresa, tú has sido la única mujer que he amado en mi vida. El contraste de tu vida, paradigma de humildad y obediencia, mito suave y cerrado, con la vida de estas pobres mujeres de El Condado, me resulta pavoroso.

No tienen ninguna idea de dónde termina el mundo material y dónde empieza el espiritual. Se la pasan llorando porque al marido el huracán Hugo le destruyó el velero de cincuenta mil dólares y como no estaba asegurado la trae a ella por la calle de la amargura; porque al hijo se lo metieron a la cárcel por andar metido con las prostitutas; porque le robaron su BMW y no tiene dinero para comprarse otro. En esta isla el mayor pecado es la inconformidad.

"Buenos días, Padre."

"Buenos días, hija. Que Dios la bendiga."

Mariana observó al Padre Ángel a través de la cortinilla blanca pegada al enrejillado de madera del confesionario, que aguardaba la llegada del próximo feligrés. Detrás de ella unas cinco personas hacían cola para confesarse. Al escuchar su voz, el Padre Ángel levantó sorprendido la cabeza y Mariana sintió la intensidad de sus ojos fijos en ella en la oscuridad.

"Hoy fui a visitar de nuevo a Mamá al Asilo, Padre. No es que esté enferma, es que sencillamente no está, o más bien que está en otra parte. Es como si me la hubieran cambiado. Está el cuerpo de Matilde, sus mismas facciones, su mismo pelito blanco que le cae en escalones plumosos sobre las sienes, sus mismas manos que me han acariciado la frente tantas veces, pero ella no está. Es la primera vez que de veras creo en la existencia del alma, Padre, cuando he visto lo mucho que el cuerpo se parece a un cacharro viejo, una vez se ha mudado de sitio el espíritu. Yo lo he ayudado a usted en su campaña para recoger fondos para la Basílica de la Virgen. Ayúdeme usted a mí ahora con Mamá, y acompáñeme a verla."

Fueron juntos al Asilo al día siguiente. La monja con aspecto de pingüino navegando a toda vela les abrió la cancela de la portería. Pasaron a la habitación de su madre y se sentaron frente a ella en silencio. Como Matilde permanecía con los ojos cerrados en el sillón, comenzaron a rezar el rosario en voz baja. Al rato otra monja, mucho más alta y fornida que la monja-pingüino, salió al balcón que quedaba frente al cuarto y comenzó a desenrollar una enorme bandera española de un asta de madera. Mariana y el Padre Ángel detuvieron sus rezos y se asomaron a ver lo que pasaba. Toda la comunidad de monjas del Asilo se había reunido en la galería y saludaba, ora en gallego, ora en valenciano, ora en castellano, a un grupo de gente que se apiñaba sobre la cubierta de un barco que entraba en aquel momento por la bahía de San Juan. La monja fornida hacía ondear la bandera de lado a lado, y no dejó de hacerlo hasta que el barco fondeó ancla al llegar al muelle. "¡Es el Rey de España que ha venido a visitar la isla! ¡Es él, es él!" —empezaron a gritar alborozadas las monjas cuando vieron que por la pasarela del barco bajaba un grupo de gente elegantemente vestida. En efecto, Mariana recordó haber leído en los periódicos aquella mañana que Don Carlos y Doña Sofía pasarían dos días en la Fortaleza, la residencia del Gobernador, vecina al Asilo de las Siervas.

De pronto Matilde se levantó del sillón, dio unos pasos temblorosos y se acercó al Padre Ángel. Había empezado a llorar y tenía el rostro descompuesto. Finalmente se hincó frente a él y, tomándole las manos entre las suyas, se las empezó a besar mientras repetía: "¡Es él, Dios mío, es él. Es el Enviado del Espíritu Santo, que por fin ha llegado a la isla!".

Marcos le vendió la casa del Condado a un amigo miembro del Opus Dei, gerente de la sucursal del Banco de Bilbao, que pronto abriría sus puertas en la Avenida Ponce de León. Le dijo a Mariana que ya tenía separado un condominio muy práctico, un *pied a terre* en la Avenida Ashford, para comprarlo. Fueron a verlo juntos al día siguiente. Era un apartamento de una sola habitación, de plafón bajo y cocina con pequeño mostrador que daba a la sala. No era gran cosa pero serviría de excusa para justificar la residencia oficial de la pareja en la isla, y así no pagar contribuciones al gobierno español. Allí les seguiría llegando la correspondencia, que Marcos haría recoger por un empleado suyo y se haría enviar a Mallorca por correo expreso. Durante el almuerzo ese mismo día Marcos le comentó a Mariana que se quería regresar a Palma lo antes posible.

Desde su llegada a Puerto Rico el distanciamiento entre

51

ellos se había agravado considerablemente. En las noches Marcos se volteaba para su lado de la cama, sin darle a Mariana siquiera las buenas noches. Vestido con su pijama azul, almidonado y planchado, parecía una escultura de hielo. Aquella noche a Mariana se le hizo imposible conciliar el sueño. Respiraba con dificultad; la angustia la hacía sentir como si se le estuviesen llenando los pulmones de agua. Era tan difícil regresar a casa una vez se había emigrado a un país más desarrollado que el nuestro. Había que ser humilde y aceptar las cosas como eran, no darles importancia a las que no la tenían. Si la infraestructura del país era un desastre, si había muchos tapones, si los carros le dejaban a uno los tímpanos explotados con sus bocinazos, nada de eso importaba. Había que apegarse a la tierra y a la gente como un mangle, nutrirse de ellos y ayudarlos a mejorar su estado. Precisamente por eso había decidido ayudar al Padre Ángel en su proyecto de Cantera.

El amanecer la agarró mirando por la ventana a las amapolas del patio. Aquellas flores le devolvieron de alguna manera la confianza en sí misma. Eran flores comunes y corrientes, no tenían nada de extraordinario. Pero allí habían estado durante siglos, inmunes a las tormentas y a las sequías que arrasaban periódicamente la isla. Mariana decidió que se quedaría en San Juan por un tiempo, que no se regresaría enseguida a Palma con Marcos.

Al día siguiente le informó al Padre Ángel su decisión. "A veces hay que hacer de tripas corazones, hija —le dijo éste—. Mientras viva en castidad y respete el vínculo sagrado del matrimonio, la separación temporera de su marido no tiene gran importancia. Estar alejados el uno del otro por un tiempo puede ser beneficioso; es posible que aprecien más lo que tienen cuando lo echen en falta."

DIARIO DEL PADRE ÁNGEL

31 de marzo

La Laguna San José, a cuyos mangles desembocan muchas de las cloacas que sirven de intestinos ocultos a esta ciudad, comunica entre sí cinco arrabales del área metropolitana: Las Margaritas, La Cocaleca, Los Bravos de Boston, Último Chance y Cantera. Todos se han integrado a nuestro nuevo centro de ayuda social. En esos arrabales no hay correo, no hay escuelas, no hay dispensario médico, y en algunas calles no hay ni luz eléctrica. No hay razón alguna para que existan estos pozos de detritus humano en el mismo corazón de una ciudad económicamente privilegiada, si se mide por el nivel del resto de Hispanoamérica.

Los habitantes de Cantera me aseguran que el éxito de nuestro proyecto depende de que podamos edificar un templo tan espléndido como el de Barrio Obrero, que está dedicado a la Diosa Amita. Me parece importante consignar aquí la siguiente información sobre Amita, porque aprender sobre este tipo de culto puede ayudarnos a evangelizar más efectivamente a los habitantes de esta isla. La Diosa Amita es un fenómeno típico del Caribe, donde la superstición y la magia a menudo coexisten con la religión Católica. Anita García Peraza —su verdadero nombre— era una mujer de Arecibo, donde se fundó originalmente la secta. A los quince años Amita fue violada; salió encinta pero perdió a su hijo, y el trauma le provocó un padecimiento epiléptico. Desde entonces su familia aseguraba que el Espíritu Santo la visitaba nocturnamente, introduciéndosele por la frente en forma de estrella. Según he podido ver por las estampas que sus fieles veneran, era una mujer de aspecto varo-

53

nil, que medía más de seis pies de estatura y que
— tenía un vozarrón impresionante. Vestía siempre
de hábito blanco, atado a la cintura con un cor-
— dón azul rematado en borlas, y tenía una cabellera abundante y también blanca, que llevaba en una
melena suelta sobre los hombros.

Dada su poderosa constitución física, los acce-
sos epilépticos de Amita resultaban impresionantes. Cuando se iba en trance empezaba a remecer
las paredes de la casa como si quisiera hacer que
— el techo se viniera abajo, a la vez que clamaba en
una voz atronadora y todos los vecinos acudían
corriendo a casa de los Peraza, a ver qué era lo que
estaba sucediendo. Pero Amita podía también de-
mostrar una suavidad inesperada. Tenía las palmas de las manos tibias como pechos de paloma, y
cuando se las imponía a los enfermos su calor los
— aliviaba. Desde joven fue muy caritativa. En la
escuelita a la que asistía se quitaba los zapatos
para dárselos a los niños más necesitados, y se
pasaba regalando el pan de la panadería de su
padre a los mendigos que pasaban frente a su casa.

Amita pertenecía originalmente a la Iglesia
Pentecostal de Arecibo, e iba semanalmente a los
servicios. Un día se puso de pie e insistió en hablar, pero los pastores la echaron porque las mujeres no podían hablar en el Templo. Cuando salió
por la puerta, once personas de las que estaban
presentes la siguieron, y se convirtieron en sus
apóstoles. Con sus once seguidores, Amita comenzó a recorrer campos y pueblos, cárceles y hospitales, llevándoles supuestamente la palabra del Espíritu Santo.

El nombre de Amita sigue siendo hoy un arca-
no para la mayoría de las gentes de Barrio Obrero.
Yo descubrí su significado por casualidad. Leyendo un día un manuscrito esotérico sobre los Perga-

54

minos del Mar Muerto me enteré de que Amita es el nombre secreto que una secta de cristianos primitivos le había dado al Espíritu Santo en su Tercera Manifestación. El Padre es Jehová; el Hijo es Cristo; y el Espíritu Santo es Amita. ¿Cómo supo Anita García Peraza, una mujer ignorante y provinciana que escasamente si tenía cuarto año de escuela superior, de la existencia de esa secta desconocida? ¿Cómo asumió el nombre de Amita, seudónimo del Espíritu Santo hace tres siglos, sin saber lo que quería decir? Esas son preguntas que nadie puede contestarse fácilmente.

Una vez Amita fundó su Iglesia, su grey fue creciendo de manera sorprendente. Por todos los barrios pobres de la capital aparecieron estampas suyas con un corderito blanco entre los brazos y un enorme rebaño a sus espaldas. Si algún feligrés se enfermaba y no asistía al servicio el sábado en la noche Amita se aparecía al día siguiente en su casa, y a veces hasta en el hospital, vestida de blanco y con el cayado en la mano, a preguntar por la salud de su oveja enferma. Su iglesia se transformó en una institución de ayuda social que incluía restaurantes públicos; dispensarios médicos; bibliotecas nutridas; todo sin costo alguno. Si los fieles se quedaban sin trabajo la Oficina de Orientación y Asistencia de Amita se ocupa de ellos. Al llegar a ancianos los Amita ingresan a la Égida del Paraíso y cuando mueren la Banda de Amita acompaña su ataúd hasta el cementerio.

Hay aspectos de la institución de Amita que resultan muy peligrosos, sin embargo. Cuando Amita murió de cáncer del colon hace ocho años, comenzaron ciertos problemas en su Iglesia. Los fieles no lo podían creer; Amita les había asegurado que era inmortal, que nunca se ausentaría y los dejaría sin protección y amparo. Los fieles, desorientados, se volvieron hacia su hijo adoptivo, que pasó a ocupar el sitial de Amita en el templo de las doce columnas blancas. Absalón es hoy el Pastor Mayor de la secta y el Delegado de Amita en la tierra.

Absalón se mudó a vivir a la casa que era de Amita, una residencia con techo de tejas estilo español, situada cerca del templo. Empezó a exigirles a los Pastores Menores, que operan como los sargentos de la organización, que le llevaran a sus hijas solteras a visitarlo. Los Pastores Menores, temiendo que el Pastor Mayor los eliminara de la lista de beneficios del Templo si no lo complacían, empezaron a evangelizar a las jovencitas de Barrio Obrero y de Cantera, convenciéndolas de que pertenecer a la Iglesia de Amita y convivir con Absalón era un privilegio. Desde entonces Absalón aparece siempre rodeado de ninfas vestidas con togas griegas, lo que le ha dado desgraciadamente a la secta un carácter bastante controversial.

2 de febrero, 1993

P. Alejandro Cortínez
Provincial de la Compañía de Jesús
Calle de la Altagracia #2, Oviedo
España 00983

Estimado Padre Provincial:

Todavía no he logrado despertar en los fieles de mi parroquia de El Condado el menor entusiasmo por la misión que se me encomendó al partir para esta isla: la construcción de nuestra Basílica de Santa María Invicta. Este barrio más bien debería llamarse El Candado, por lo avaros y cerrados de codo que son sus habitantes. No obstante, creo que he encontrado la manera de llevar a cabo su encomienda. He logrado encender la llama del entusiasmo entre los fieles de uno de los caseríos más pintorescos de esta ciudad: el barrio de Cantera, donde residen muchas familias de obreros y de trabajadores honestos. Allí estamos llevando a cabo una campaña que ha de trascender a todos los ámbitos de la isla.

Hemos establecido un pequeño centro de ayuda social en el corazón del arrabal, al cual se han afiliado varios barrios cercanos. Nos ha ayudado mucho tomar como modelo la Iglesia de Amita, una secta que ha tenido mucho éxito en Barrio Obrero (un barrio colindante a Cantera). Usted sabe que una de las primeras leyes de nuestra orden misionera es respetar las costumbres de los pueblos, Padre Provincial, y si es posible emplear las usanzas culturales de cada lugar a nuestro favor. El culto de la pastora Amita es un culto bárbaro, es cierto, pero que hace mucho bien entre los pobres de esta isla. Los Arcángeles Eléctricos, un grupo de jóvenes de Cantera llenos de celo apostólico, conocen mi plan, y se han dedicado en cuerpo y alma a recoger fondos para ayudarnos. Con los fondos que han recogido hemos construido un dispensario médico, y planeamos construir varios comedores para niños, una fonda para indigentes, y una pequeña escuela que les dará preparación a los niños hasta el cuarto grado. Y por supuesto, todos soñamos con la Basílica que construiremos un día, que estará dedicada a la Virgen. Los Arcángeles Eléctricos están convencidos de que un templo como el nuestro le dará a Cantera un gran prestigio. ¿Cómo no va a triunfar Santa María Invicta sobre la Diosa Amita?

Oscuros son los caminos del Señor, Padre Provincial, y aunque lo que le cuento quizá suene a locura no lo es tal; que los misioneros que convirtieron y civilizaron a los indios y demás salvajes del Nuevo Mundo muchas veces tuvieron que "dar del ala para comer de la pechuga", como se dice en Castilla la Vieja. Ahí está el adelantado Álvaro Núñez Cabeza de Vaca, quien prácticamente se integró a los indios de Nuevo México y adoptó muchas de sus costumbres, con tal de convertirlos a la verdadera religión. Para lograr evangelizar a los feroces Mochicas el Arzobispo de Puebla tuvo que mandar a pintarles a los ángeles de su catedral caras de indios; y a los Aguarunas del Paraguay los misioneros los enseñaron a cantar madrigales renacentistas para atraerlos a su Iglesia, aunque andaban en cueros y no tenían la menor idea de lo que era la música de contrapunto. De igual manera, si para lograr convertir a los habitantes de Cantera debemos hacernos amigos de los Arcángeles Eléctricos y colaborar con ellos, creo que se justifica enteramente.

Confío en recibir pronto noticias suyas, con su aprobación a nuestro plan de edificar la Basílica de Santa María Invicta en el barrio Cantera.

Respetuosamente suyo en NSJC, quedo,
Padre Ángel Martínez de la Paz, S.J.

Padre Alejandro Cortínez
Provincial de la Compañía de Jesús
Calle de la Altagracia #2, Oviedo
España 00983

Estimado Padre Provincial:

Me urge darle más detalles sobre nuestra campaña para construir la Basílica de Santa María Invicta en Cantera, porque conozco el interés que tiene el Sínodo de Oviedo de que se haga en Puerto Rico una obra digna de nuestra orden. En el curso de nuestra campaña he encontrado una valiosa aliada en Mariana Robles, la esposa de Marcos Robles del Castillo, uno de los hombres más ricos de esta comunidad. Desde mi llegada a la isla Marcos me recibió en su casa y me presentó a un sinnúmero de miembros importantes de la banca y del comercio, pero hasta ahora se me ha hecho bastante difícil interesarlos en nuestro proyecto. Aunque Marcos es un católico tibio y no se puede contar con él para mucho, Mariana es una persona generosa, que ha roto con las idiosincrasias de su clase. Al morir su madre Mariana heredará una fortuna considerable, y podría donarnos los dineros necesarios para finalizar nuestro proyecto de Cantera.

Hace alrededor de tres meses Mariana me llevó a conocer a Matilde Duslabón al Asilo de las Hermanas de la Caridad, donde su madre se encuentra internada. Durante una visita al Santuario de la Virgen de Medjugorje en Yugoslavia el año pasado la señora Duslabón cayó en un estado de mutismo catatónico que le ha durado varios meses. Todo el mundo creía que se trataba de una arteriosclerosis aguda, o de un deterioro de la mente provocado por la muerte de su marido. El día que fui con Mariana al asilo Matilde no pronunció una sola palabra, pero cuando regresé solo una semana después a verla, se comportó de una manera totalmente distinta. Cuando me vio, se arrodilló frente a mí llorando y me pidió que oyera su confesión.

Me reveló entonces que su estado de mudez no se debía a la muerte de Antonio, sino a una visión que había tenido en Medjugorje, durante la cual la Virgen le anunciaba que en Puerto Rico tomaría lugar pronto una matanza, en la cual perecerían cientos de personas, y entre ellas algunos familiares suyos. La consolé de su angustiado estado de ánimo, sugiriéndole que cuando la Virgen se nos aparece, sus mensajes suelen ser simbólicos. Quizá las muertes a las que se refería la Virgen eran más bien estados de alma, porque a la gente muchas veces se les muere el espíritu antes que el cuerpo, de tan preocupados que viven por las cosas materiales. Matilde me escuchó serena y asintió con la cabeza, para dejarme saber que comprendía mi punto. Luego le administré el sacramento de la comunión, y más tarde nos sentamos a coger fresco en el balcón del Asilo. Aunque Matilde no volvió a hablar, se la veía tan contenta como si hubiese regresado de entre los muertos.

Luego de esta segunda visita he seguido suministrándole a Matilde los sacramentos en el Asilo semanalmente, y he estado ayudándola, por medio de mis conocimientos psiquiátricos, a regresar poco a poco a la normalidad. Aunque durante la confesión habla con una coherencia perfecta, se niega a pronunciar una sola palabra ante los demás. Está frágil de salud; temo que no esté mucho tiempo con nosotros, pues además de su constante ensimismamiento, padece una condición cardíaca. El otro día se me ocurrió lo siguiente: es posible que, recreando las circunstancias de su visita a Medjugorje, Matilde recobre la sanidad mental. Por ello he decidido llevarla a visitar un santuario famoso en esta isla, donde se dice que la Virgen se aparece de tanto en tanto.

Existe al presente una controversia sobre ese santuario que se me antoja bastante absurda. Adjunto con esta carta le estoy enviando un sobre con varios artículos que han salido en la prensa local sobre el mismo. A Monseñor Antulio Rodríguez, el prelado máximo de San Juan, se le ha metido entre ceja y ceja que el Santuario del Pozo es un lugar de reunión de grupos subversivos que quieren derribar al gobierno por métodos violentos, y ha montado una campaña en todos los periódicos al respecto. Por ello ha vedado terminantemente las peregrinaciones al Pozo, bajo amenaza de excomunión.

Necesito que usted me exima de esa prohibición del Arzobispo Antulio Rodríguez y que nos permita a Mariana, a Matilde y a mí ir al Santuario del Pozo en peregrinaje. No hay peor diligencia que la que no se hace, y quién sabe si la Virgen ejerza allí su poder, y nos ayude a sanar a Matilde Duslabón.

En espera de sus noticias al respecto, quedo,
muy respetuosamente suyo en NSJC,
Padre Ángel Martínez de la Paz, S.J.

Mariana estuvo de acuerdo con el Padre Ángel en que una visita a la Virgen de Sabana Grande podía ser beneficiosa para su madre. No creía en los milagros pero sí en el poder de la mente, que a veces era capaz de mover montañas. Alquiló un carro e invitó a la tía Lola y a la tía Rosa para que fueran con ellos el domingo siguiente, y decidió llevar también a José Antonio. Faltaban dos meses para la Gran Peregrinación del 23 de abril, pero Mariana había oído decir que durante los fines de semana siempre había bastante actividad en el Santuario. Aparentemente los enfermos a menudo se sentían aliviados de sus males luego de beber las aguas del Pozo, y eso era lo suficiente para ella querer llevar a su mamá. Las tías se entusiasmaron con la idea y aceptaron la invitación; así aprovechaban para pasar el día con Matilde y con José Antonio, a quien hacía siglos que no veían.

Podrían almorzar empanadillas de chapín y surullitos de maíz en La Monserrate, cerca de la playa de Guayanilla, donde había una terraza desde la cual se podía observar a los pescadores pasar remando en sus yolas, y a los pelícanos zambullirse como garfios en busca de peces. Después seguirían para el Santuario, que quedaba en las montañas detrás del pueblo de Sabana Grande. Salieron a las once de la mañana y pronto empezó a hacer calor; el sol caía a plomo por encima de la carretera como un chorro de aceite caliente. Matilde iba en el asiento de atrás, empolvada como una Cucarachita Martina silenciosa, y a cada lado iba una de las tías, que no paraban la sin hueso ni por un momento. José Antonio se empeñó en sentarse en el asiento delantero junto a la ventana, por lo cual el Padre Ángel quedó en el asiento del medio, justo al lado de Mariana.

Durante todo el trayecto Mariana estuvo consciente del roce de la sotana del Padre contra su cadera derecha, y en cierto momento –cuando empezaron a coger las curvas de la cuesta de Cayey– le pareció que el Padre se dejaba ir a propósito contra ella. Tuvo que hacer un gran esfuerzo para separarse y echarse a un lado sin que nadie se diera cuenta pero no se atrevió a decir nada, porque pensó que su imaginación le estaba jugando trucos.

Tenían que viajar todo el tiempo por el carril izquierdo, ya que el de la derecha se encontraba poblado de huecos y grietas que amenazaban hacer carne mechada de las llantas del carro. Rebasaron una guagua llena de niños pasando por la derecha, y asomaron las cabezas por las ventanillas para aspirar a pleno pulmón el aire puro de las montañas. José Antonio quería saber cómo se llamaba aquel monte que se veía a lo lejos, cuya raja azul profunda se veía medio cubierta de niebla.

"Se llama 'Los dos chiflitos', por el cuento de la cabrita mayor" –le dijo la tía Lola, guiñándole un ojo a tía Rosa.

"Se llama Las Tetas de Doña Juana –dijo Mariana muy seria–. El nombre se lo pusieron los españoles porque Doña Juana era una nodriza muy cotizada en el pueblo de Juana Díaz." Tía Lola hizo una mueca de disgusto y se echó para atrás en su asiento.

"¿Y qué quiere decir nodriza?" –preguntó José Antonio.

"Una señora muy pobre, que tenía que dar su leche a los nenes de la gente rica para ganar dinero, en vez de dársela al suyo propio."

Tía Lola se hundió aún más en el asiento y refunfuñó algo que Mariana no pudo escuchar. El Padre Ángel señaló a la cordillera, que parecía el espinazo de un león dormido e iba tornándose cada vez más dorada según subía el sol. "Miren qué pena, cómo están destruyendo el bosque. Por todas partes se ven puntos lejanos que dejan huecos en la vegetación."

"Son las casas de veraneo de la gente de la capital –dijo Mariana–, que aparcelan finquitas por todas partes."

Mariana se había vestido con mahones y una camiseta roja, con el gallito de Myrna Báez serigrafiado encima, pero las tías se habían puesto guapísimas. A pesar de tener cerca de setenta años visitaban el *beauty parlor* todas las semanas para teñirse y hacerse el *setting*. Vestían trajes de hilo de Fernando Pena –el de Rosa era amarillo canario y el de Lola verde *chartreuse*– y llevaban las muñecas decoradas con pulseras de muchas cabecitas de oro, cada una con el nombre de uno de sus nietos, que les tintineaban como bazares orientales.

Almorzaron opíparamente en La Monserrate, y durante el almuerzo la tía Lola hizo el recuento de todos los matrimonios jóvenes de la sociedad de San Juan que se estaban divorciando. En su opinión el mundo se dividía en buenos y malos, y los malos estaban todos divorciados. "¡No sé a dónde vamos a ir a parar! –decía la tía Rosa–. ¡Todo el mundo en esta isla va a ir al infierno por culpa del divorcio! Hoy las mujeres no les aguantan nada a sus maridos; de cualquier cosa se enfurecen y exigen que las dejen por la libre." "Debe ser terrible tener que vivir sin confesar ni comulgar –añadió sentenciosamente la tía Lola–. Casi todas las divorciadas se vuelven a casar y quedan excomulgadas. Yo, por el contrario, cremé a Arístides en olor de santidad. Poco antes de morir logré que se confesara."

"¡Gracias a Dios, hija, porque mira que ese bandido te dio candela! –dijo tía Rosa–.

"Esa fue la prueba que le mandó Dios, Rosa –dijo el Padre Ángel–. Puede estar segura de que cuando Lola muera y se vaya derechita al cielo, allí se va a encontrar con él."

Cuando llegaron a la entrada de Sabana Grande, pasaron frente a la casa de un famoso ex-candidato a gobernador por el Partido Popular. "Aquí aparecieron después de las elecciones varios gallos degollados, con las cabezas enterradas en las arreatas de begonias –le contó entre risas tía Lola al Padre Ángel, señalando hacia el jardín de la casa de Negrón López–. Lo leí en el periódico una vez." "Negrón López era el gran cacique de la región y estaba seguro de que iba a ganar –añadió tía Rosa–, pero no pudo competir contra nuestro candidato PENEPÉ." "Me acuerdo perfectamente de eso –dijo tía Lola–. La noche de las elecciones los Populares se quedaron con los lechones asados y ensartados en sus varas, y tuvieron que comer arroz con Pava. Nuestro candidato era un pan de bueno y el pueblo le votó a favor." El Padre Ángel miró con curiosidad hacia la casa que, como muchas en Sabana Grande, tenía medios puntos de madera calada sobre las puertas y un balcón de balaústres al frente. El proceso político en aquella isla tenía mucho de rito salvaje, pero lo encontraba interesante. Más adelante la tía Lola le señaló el restorán Las Brisas, donde hacían las chuletas Can Can, famosas por su relleno de langosta a la Iris Chacón. "Es la especialidad de la casa; las langostas se parecen a Iris, porque tienen toda la carne atrás –le dijo al Padre–. La próxima vez que vengamos, tenemos que invitarlo a almorzar allí."

"¡Yo quiero quenepas, yo quiero quenepas!" –gritó José Antonio, cuando vio a unos muchachos vendiendo unos madroños color verde oscuro a la orilla de la carretera. "¡Mira que este españolito aprende rápido! –dijo la tía Rosa–. ¿Dónde aprendiste tú lo que eran quenepas?" "Yo lo llevé ayer a la Plaza del Mercado y allí se comió un montón de ellas", dijo Mariana. El Padre Ángel se bajó del carro y compró un ramo, no sin que antes tía Rosa probara varias para ver si estaban agrias, arrancándolas con la punta de sus uñas esmaltadas de Elizabeth Arden Pink. "Aquí tienes, ¡Cuidado y no te ahogues! –le dijo tía Lola a José Antonio, ofreciéndole una guareta–, y mira que la mancha de quenepa no sale."

Cuando llegaron al Santuario vieron, en una pequeña loma a la mano derecha, la escuelita Lola Rodríguez de Tió, donde habían hecho su primer grado los niños videntes del Pozo.

"Me parece muy bien que la Virgen haya escogido este lugar para aparecerse, al lado de la escuelita Lola Rodríguez de Tió, –dijo Mariana–. Si la Virgen hubiese nacido hoy, también sería feminista."

Sus tías no encontraron divertido el comentario. "De vivir en nuestra época, esa tocaya mía estaría en la cárcel de mujeres –dijo tía Lola sacando trompa–. Las Lolita Lebrón, las Lola Rodríguez de Tió, todas son iguales. No creo que sea en honor a ninguna Lola que se apareció aquí la Virgen."

Mariana se quedó callada. Sabía que defender sus convicciones feministas frente a las tías era perder el tiempo. Lo importante era pasar un día agradable y ayudar a su mamá a recobrar la salud. Estacionaron el carro en el *parking*, debajo de unos tintillos enormes. Mariana tomó a su madre del brazo, el Padre cogió a José Antonio de la mano, y entraron caminando lentamente al Santuario. El paisaje era verdaderamente idílico: una iglesita pintada de melocotón, un pequeño anfiteatro de cemento, al fondo unos enormes árboles de mangó que proyectaban sus sombras como anémonas inquietas sobre el piso, y varias vacas overas pastando tranquilamente alrededor. Al centro de un redondel de luces que tenía exactamente la forma de un rosario había una urna de *plexiglass*, y adentro se encontraba una imagen de yeso de la Virgen, algo más grande que tamaño natural y cubierta por un manto azul.

Se sentaron todos en un banco al pie de la imagen y rezaron el rosario en voz alta. Una vez terminaron Lola y Rosa se pusieron a conversar con el Padre mientras Mariana llevaba a su mamá a beber agua del Pozo. "¿Será verdad que la Virgen subió al cielo en carne y hueso? ¿Y cómo es que el cuerpo no se ve desde la tierra, si es que anda volando por allá arriba y está todavía intacto? ¿Qué pensaba el Padre del misterio del Espíritu Santo y la paloma?" Mariana oía la conversación a lo lejos. Sus tías parecían dos niñas viejas chachareando, que seguían creyendo en los cuentos de hadas. "Se parece a Blanca Nieves dormida dentro de su caja de cristal –dijo la tía Lola bajando la voz, para que el Padre no la oyera–. Parece que está esperando a que el Príncipe la venga a despertar con un beso." "Es difícil creer que fue la paloma la que...bueno, ya tú sabes..." comentó la tía Rosa con una risita maliciosa. Lola le guiñó un ojo. "Madre y virgen, casi nada, como quién dice la cuadratura del círculo." "No sean irreverentes –las interrumpió solemnemente el Padre Ángel–. La madre intacta nos hizo posible a todos la salvación."

Matilde regresó junto al grupo, apoyada en el brazo de Mariana, y se sentó al lado del Padre Ángel. De pronto se volvió hacia él y le preguntó: "¿Verdad que usted es el Enviado del Espíritu Santo?". Y mirando a las tías añadió, moviendo solemnemente la cabeza como si afirmase una gran verdad: "Nos lo envió para que nos salvara". Todos la miraron asombrados. No podían creer que había hablado, y lo achacaron a la influencia benéfica del agua del Pozo que acababa de beber.

"¡Milagro, Milagro! ¡Ya está curada!", gritó la tía Lola batiendo palmas. Pero el entusiasmo se les vino abajo cuando Matilde se volvió hacia Mariana y dijo: "Las otras noches Antonio se enfureció conmigo porque no quise hacer el amor. Estaba muy cansada y tenía dolor de cabeza; cada vez que me pide que lo haga me da repugnancia. Pero él me puso sobre sus rodillas, me dio unas buenas nalgadas y tuve que obedecerlo". Todo el mundo se echó a reír menos Mariana. "Cállate Mamá; no sabes lo que estás diciendo", dijo con lágrimas en los ojos. Matilde la miró con tristeza y volvió a hundirse en su mutismo. No volvió a pronunciar una sola palabra en toda la tarde.

Mientras los demás conversaban, alrededor de la Virgen se fue congregando poco a poco una muchedumbre de fieles. La gente oraba y cantaba; todo el mundo llevaba el rosario en las manos o colgado al cuello. Entre los fieles presentes a Mariana le pareció reconocer a varios jóvenes de Cantera, que había visto durante sus visitas al arrabal. "Son amigos de Manolo Covadonga –le dijo el Padre Ángel, que se acercó a ellos para saludarlos–. Los Arcángeles Eléctricos son también devotos de la Virgen del Pozo, y de vez en cuando participan en estas congregaciones los domingos. Traen con ellos gente de los Bravos de Boston, de La Cocaleca, de los otros barrios cercanos a la Laguna San José."

Mariana vio a varios jóvenes vestidos con chaquetas de algodón de corte severo, cuello de mandarín y mangas largas, que se bajaron de unas motocicletas impresionantes, con enormes manubrios niquelados y ruedas de rayos de acero. Los jóvenes se movían entre la gente con autoridad, como si de ellos dependiera que los fieles caminaran ordenadamente en dirección al Pozo. Observó que se le acercaban al Padre Ángel y que lo trataban con deferencia. Uno de ellos hasta se hincó en el piso y trató de besar el ruedo de su sotana. El Padre lo obligó a ponerse de pie y a Mariana le pareció que se ruborizaba, pero todo fue tan rápido que no le dio oportunidad de precisarlo. El sacerdote siguió saludando a los que continuaban llegando, abrazándolos y llevándolos de la mano hasta donde se encontraba la imagen de la Virgen. Allí se acomodaron en un semicírculo alrededor de la imagen, hasta que ya no cupo más nadie. Un hombre vestido de negro se le acercó entonces al Padre Ángel y le preguntó si quería dirigirse a los fieles. El Padre Ángel aceptó el micrófono que le ofrecieron y empezó a hablar en voz alta, dándole turno a la gente para que hiciera sus peticiones. "La Virgen del Pozo —dijo—, es una Oidora Puertorriqueña y pedirle algo es participar en una tradición de antigua prosapia. Hay que tener fe, pero sobre todo confianza en ella."

Al hincarse frente a la Virgen cada peregrino le pedía algo distinto: que le curara su vaquita, que le consiguiera novio, que le concediera el premio mayor de la Lotería, que le encontrara el cheque del seguro social que se le había extraviado, que le curara el cáncer, que le sanara la vista. La gente empezó a desfilar frente a la imagen y ante la urna fueron quedando muletas, lentes de lectura, cascos de tracción, una silla de ruedas; así como retratos de seres queridos ya difuntos, dos bates de jugar pelota, tres bolas de baloncesto, varios uniformes de veteranos del ejército norteamericano que habían sido víctimas del Agente Naranja. Los peregrinos iban depositando los objetos allí como ofrenda. Algunos le pedían a la Virgen curaciones, otros le pedían que les ayudara a ganar el próximo juego de baloncesto o el campeonato de pelota. La gente rezaba con sencillez, sin gran alharaca ni histrionismos, casi como si quisiesen pasar desapercibidos. Mariana se sintió conmovida ante el espectáculo.

Después de hincarse por un momento y de rezar en voz alta, los peregrinos se sentaron de nuevo en el piso, como si esperasen que sucediera algo. José Antonio había dejado de comer quenepas y lo miraba todo con ojos azorados. "¿De veras va a aparecerse la Virgen? ¿Y yo, ¿puedo pedirle algo?" Ya iba a preguntar si le podía pedir una bicicleta nueva cuando el Padre Ángel lo mandó a callar. Mariana lo llevó a prender un velón rojo en uno de los altares cercanos para entretenerlo.

El Padre Ángel sonreía ampliamente. "Ya ven que aquí no hay comunistas, como se empeña en insistir el Arzobispo Antulio Rodríguez –dijo–. Sólo una gran miseria humana, como sucede en todos los lugares donde se aparece la Virgen, que siempre acude a consolar a los pobres con su presencia."

La tía Lola y la tía Rosa, sin embargo, se veían inquietas. No les gustaba en lo absoluto lo que estaba pasando; las ponía nerviosas ver a tanta gente mal vestida junta.

"Agarra bien la cartera, Rosa. Acuérdate que hace unos días por poco me matan en la Parada Veinte de la Ponce de León, cuando unos títeres que se bajaron de la guagua en la esquina de la Fernández Juncos y la Calle del Parque me arrancaron la cartera. Aquí no estamos en Medjugorje, donde sólo va gente decente. Yo creo que ya deberíamos irnos."

"Es verdad. Vámonos a buscar enseguida a Mariana y a José Antonio."

Las tías estaban por levantarse, cuando vieron acercarse por la carretera una caravana de carros que venía subiendo la cuesta. Los carros iban adornados con banderas amarillas y blancas, y llevaban en alto unas pancartas que decían: "Sálvanos, Señora, de la peste. Veinte mil puertorriqueños con Sida te ruegan por la salvación de su alma". "El condón condona vidas", leía otro letrero escrito con letras rojas. Unos seres cadavéricos se bajaron de los carros y se apoyaban unos en otros para caminar. Parecían sobrevivientes de un campo de concentración. La mayoría eran hombres; jóvenes de mirada melancólica y avejentados antes de tiempo, que se perdían dentro de sus vestiduras como fantasmas. Pero también había muchas mujeres y hasta algunos niños. Casi todos llevaban en las manos prendas de vestir, camisas, pañuelos o zapatos, que agitaban en alto como banderas o apretaban contra el pecho como talismanes. Poco a poco fueron depositándolas, junto con los retratos de sus finados dueños, frente a la urna de la Virgen, y el rostro se les convulsionaba en llanto.

"Son los patos con Sida de la capital, que han venido hasta aquí en peregrinación. ¡Protestan porque la Iglesia Católica prohibe el uso de los profilácticos y eso y que propaga la peste!", dijo horrorizada la tía Lola. Sacó su pañuelo del bolso y aspiró profundo el *White Linen* de Estée Lauder.

"¡Mientras más pronto se mueran esos tránsfugas mejor; castigo de Dios por hacer tantas pocavergüenzas! —añadió la tía Rosa, agarrando a José Antonio por los hombros y estrechándolo contra ella para que no mirara ni respirara—. Vámonos de aquí enseguida, que va y se nos pega algo."

A la cabeza de los que traían las reliquias de sus seres queridos, Mariana reconoció a un amigo suyo, un escritor que hacía años no veía.

"¡Que los saquen! ¡Que los saquen!", gritaban algunos de los presentes, contagiados por el pánico de tía Lola y tía Rosa. Empezaron a recoger unos mangós jojotos y medio manchados de negro del piso.

70

"Esto es una vergüenza, ¡Cómo se atreven a venir aquí, a profanar esta tierra santa!"

El Padre Ángel, pálido de ira, las mandó a callar, pero no le hicieron caso. La gente empezó a asustarse, arremolinándose detrás de ellas. Mariana vio a los Arcángeles Eléctricos, que comenzaron a apiñarse alrededor del Padre como para protegerlo.

Su amigo escritor, el líder de los enfermos, se llamaba Federico Vargas, y no lo veía desde sus años en la universidad. Recordó que usaba el seudónimo de Ariel como *nom de plume*. Era alto y bien parecido, y seguía siendo tan rebelde como en sus años mozos. Siguió hacia la gruta del Pozo de la Virgen, sin hacer el menor caso de los gritos y de las amenazas de la muchedumbre. Cuando llegó a las piedras del manantial sacó un copón de metal dorado de una mochila, lo abrió levantando la tapa y sacó un puñado de condones blancos en sobrecitos plásticos.

Se volvió entonces con el copón en una mano y los sobrecitos en la otra y dijo: "Muchos de los que han venido aquí conmigo hoy están condenados a muerte, y muchos más morirán mañana, si no protegen sus vidas con estos escudos profilácticos. No se puede prohibir el amor; no es posible condenar a los que se aman por sobre todas las cosas. El amor, dice San Pablo, todo lo excusa, todo lo cree, todo lo espera, todo lo tolera. La vida es sagrada, pero sin amor, moriríamos sin remedio. Yo invoco el amor de esa Virgen que está en la urna, para que ella nos proteja del Armagedón, del fin del mundo que se encuentra cerca".

Cuando terminó de hablar empezó a repartir los sobrecitos plásticos entre los peregrinos, mientras sus ayudantes pasaban el cepillo, para que contribuyeran a la causa de los enfermos de Sida. Mariana lo miraba asombrada. Aquello era típico de Ariel, que en las clases de literatura de la Universidad había sido un gran admirador de los Dadaístas y de los Surrealistas. Se acordaba de cuando se había opuesto a que le eliminaran el bono de Navidad a los

71

encargados de la limpieza en la Universidad y se había sentado frente a las oficinas de la administración. Allí había leído *Howl*, el poema de Alan Ginsberg, en voz alta durante horas, hasta que las autoridades universitarias le devolvieron el bono a los empleados para quitárselo de encima. La lluvia de piedras y frutas podridas no se hizo esperar. A los gritos de tía Lola y de tía Rosa la turba comenzó a dar empujones a los recién llegados. Rosa empezó a golpear con un paraguas las espaldas de un joven vestido con una camiseta amarilla. Mariana corrió a defender a los que estaban siendo martirizados, interponiéndose entre ellos y la lluvia de proyectiles. Comenzó también a repartir carterazos, luchando para que la horda enfurecida se retirara y los enfermos pudieran regresar a sus carros y huir en retirada. El Padre Ángel luchaba igualmente por defenderlos, junto al grupo de jóvenes vestidos de blanco.

De pronto se escuchó un silencio extraño, y Mariana miró hacia donde se encontraba la imagen de la Virgen. Parecía estar en medio de un campo de batalla, rodeada de piedras, tablones y cantos de botellas rotas. Afortunadamente la urna de *plexiglass* tenía más de dos pulgadas de espesor, razón por la cual ningún proyectil la había penetrado hasta ahora. El sol se nubló de pronto y se levantó un viento tan fuerte que media docena de mangós y hasta un panapén grande como una bola de cañón cayeron de los árboles cercanos y vinieron rodando hasta sus pies. Matilde fue la primera en caer de rodillas, señalando con el dedo hacia la nube que, como un velo de gasa, descendía alrededor de la urna y se adhería a ella, cubriéndola como una crisálida.

"¡Es la Virgen, yo la veo, yo la veo, está parada encima de la urna!", empezó a gritar tía Lola. Tía Rosa, por su parte, también se arrodilló y las dos empezaron a rezar, presas de un ataque de histeria. "¡Milagro! ¡Milagro! ¡Es la Virgen! Tiene un lucero encendido en la cabeza, tiene un rosario de estrellas en la mano!" Mariana no veía nada, por más que estiraba el cuello para allá y para acá, pero aprovechó para empujar a su madre y a José Antonio en dirección del carro. Empezó a llover a cántaros y la lluvia apaciguó rápidamente los ánimos. Ya nadie siguió golpeando a los enfermos de Sida.

Escuchó un remolino de sirenas y una manada de carros de la policía con luces iracundas girando sobre el techo frenó de golpe en el *parking*. La gente salió disparada en todas las direcciones; corrían hacia los montes cercanos, se ocultaban en el barranco del Pozo, por detrás de la Iglesia. Mariana vio a los Arcángeles Eléctricos que corrían a sus motocicletas y comenzaban a sacar cadenas y tubos de sus mochilas. Como estaban vestidos de blanco los agentes de la ley los confundían con los enfermeros que empujaban las sillas de ruedas y las camillas de los inválidos. Aquello parecía un hormiguero sobre el cual alguien había dejado caer un balde de agua. Mariana empezó a correr en dirección del carro, junto con el Padre y las tías, cuando de pronto se fue de boca y cayó redonda al suelo.

Cuando volvió a abrir los ojos estaba en una cama del hospital Presbiteriano y el Padre Ángel estaba sentado a su lado en una silla. Tenía la cabeza vendada, y el brazo derecho le colgaba de un cabestro atado al hombro. Por la muñeca le subía lentamente un antibiótico diluido en suero.

"La alcanzó una piedra en la frente y sufrió una contusión en el cráneo —le dijo el Padre suavemente—. La agresión mal dirigida a un infeliz infectado de Sida."

"¿Cuántos días llevo aquí?"

"Hoy es domingo y la trajeron el viernes. Estuvo en intensivo veinticuatro horas, pero ahora está relativamente fuera de peligro. La trajeron en ambulancia; nosotros regresamos todos a San Juan en su carro, manejado por un policía."

Mariana se quedó mirando el plafón del techo y trató de recordar lo sucedido. El escándalo de las sirenas y la cara aterrada de su madre volvieron claramente a su memoria. "Supongo que me lo merezco, por no hacerle caso a Marcos —dijo—. Él me aconsejó que no fuera al Santuario."

73

El Padre bajó la cabeza y se movió incómodo en la silla. "Tengo una mala noticia que darle, Mariana –le dijo–. Marcos se regresó ayer a Mallorca y se llevó consigo a José Antonio. Tiene que ser fuerte; enfrentar con serenidad esta prueba que Nuestro Señor le ha mandado."

Lo miró fijamente, sin entender bien lo que le estaba diciendo. El Padre se inclinó entonces hacia ella y le entregó un sobre cerrado. Mariana leyó su nombre, Mariana Duslabón, escrito en tinta azul. Reconoció la letra de Marcos, el trazo elegante de la plumilla de oro de su Montblanc. Lo abrió y sacó un recorte de periódico. Era un titular del *Diario La Prensa* que decía: "Provocadores invaden el Santuario del Pozo", "Autoridades gubernamentales consideran cierre definitivo del mismo". Debajo del titular había una foto suya con la cartera en alto, a punto de hacerla volar como una honda sobre la cabeza de un hombre esquelético y ojeroso, rodeado por una turba armada de palos y piedras. Detrás de ella, un hombre alto y todo vestido de blanco parecía protegerla abriendo los brazos. Mariana reconoció a uno de los Arcángeles Eléctricos y sintió un escalofrío, pero no le comentó nada al Padre.

Al margen de los titulares Marcos había escrito una nota en su puño y letra que decía: "Estás loca de remate. Te debería dar vergüenza haber llevado a José Antonio a ver ese espectáculo". La carta que acompañaba el recorte era todavía más explícita. "No sé lo que te propones hacer con tu vida –decía–, pero desde ahora te participo que José Antonio es mi hijo, y que no quiero que sufra las consecuencias de tus locuras. Me voy mañana y me lo llevo conmigo a Mallorca."

El Padre Ángel leyó también la carta y le devolvió compungido el recorte. "No puedo dejar de sentirme culpable por haberla llevado hasta allí –le dijo–. "Creí que la visita podría ayudar a Matilde, y mire la desgracia que le he causado."

"No se preocupe, Padre. Marcos es muy temperamental,

ya verá como al fin y al cabo se olvida de esto y todo se arregla." Pensó que debía restarle importancia al asunto, no quería discutirlo. El sacerdote dio un gran suspiro y Mariana dejó que le tomara la mano.

"No vale la pena preocuparse por estas cosas, hija –le dijo para consolarla–. Dios velará por ti, como vela por todos los seres inocentes del mundo. Debes escribirle una carta cariñosa a Marcos pidiéndole perdón. Es tu marido y te quiere, eso es lo principal." Hablaron durante un rato más, conversando sobre otras cosas. El Padre le pidió que se cuidara; lo importante era ahora su salud. Tenía que recuperarse lo más pronto posible porque su ayuda le hacía mucha falta; no podían abandonar a medias el proyecto de Cantera. "Recuerda, vas a quedarte acá solo por un tiempo. Un día regresarás a Mallorca, contenta de haber cumplido con las necesidades privadas de tu alma."

Cuando el Padre se fue y se quedó sola, Mariana se volvió hacia la ventana. Tenía ganas de llorar, pero no podía; sentía en el pecho una sequedad ardiente. Se vio otra vez vestida de novia, saliendo por la puerta de la casa de Garden Hills el día de su boda con Marcos. Su padre se había despedido de ella poniendo en el tocadiscos el *Water Music* de Handel. Aquel día tampoco pudo llorar. "No quiero volver a oír nunca esa música", pensó durante el trayecto desde la puerta de su casa hasta la puerta de la Iglesia, donde descendió del Cadillac de la familia. Luego, frente al altar, cuando pasó del brazo de su padre al brazo de Marcos, sintió que el matrimonio le ofrecería por fin la oportunidad de vivir su propia vida. Poco después se había ido a vivir a España, su padre había muerto y el amor de Marcos se había hecho sal y agua.

Le hubiese gustado pensar que podía contar con el apoyo del Padre Ángel en aquel momento, pero no le gustaban las amistades con las que andaba metido. Siempre lo veía rodeado por aquellos mocetones de un solo arete en la oreja y recortes estilo *punk*, que llevaban el pelo erizado sobre la cabeza como los indios mohicanos. Le gustaba trabajar con él en el arrabal, pero hubiese preferido que no hubiese estado rodeado por aquellas gentes.

Desde la cama del hospital veía un pedazo de cielo y una azotea donde había un perro encerrado dando vueltas. Ladraba, corría, y se asomaba de cuando en cuando por el pretil del techo, a ver lo que sucedía abajo en la calle. "Ahora estoy completamente sola en el mundo –se dijo–. Como ese perro. Ahora voy a saber lo que quiere decir ser yo, Mariana Duslabón. Sobreviviendo entre cielo y tierra. Quiero saber lo que es ser *eso*: una mujer sola y libre." Cerró los ojos y dejó que la oscuridad la invadiera como un manto.

28 de febrero, 1993

P. Ángel Martínez de la Paz
Parroquia de El Condado
Avenida Ashford # 201
Santurce, Puerto Rico, 00907

Estimado Ángel:

Leí con asombro tu carta del 2 de febrero del corriente, en la cual me informas que has decidido llevar a cabo la construcción de la Basílica de Santa
María Invicta en el Barrio Cantera en lugar de en el
Condado, una vez finalizada la campaña de recoger
fondos que diriges al presente. Tu carta me dejó bo-
quiabierto ¿Qué te ha pasado? ¿Será que el sol del
trópico te ha derretido los sesos, y te los ha vuelto de
requesón, como le pasó al pobre Don Quijote? Tu re-
lato está tan lleno de locuras que, de no ser porque
te conozco desde que jugábamos juntos por las calles
de Oviedo, ya le hubiese pedido a los Superiores de
nuestra Orden que te mandaran a buscar. Si vas a
desfacer entuertos y a derrotar gigantes, ¡mejor
regrésate a casa, que mucha falta nos haces!

En serio, Ángel, me tienes preocupado. Temo que
la lejanía de tus amistades, la ausencia de tus seres
queridos —de tu mamá, de tus tíos y tías, que todos
viven aquí en Oviedo— hayan acabado por afectar-
te. Te aconsejo que olvides por ahora esos proyectos
descabellados y pongas los pies en la tierra en lo que
recobras un poco el equilibrio. Hay muchas cosas que
puedes hacer para ganarte a los feligreses de El Condado, que es gente educada y de nuestra propia clase.

Me pregunto si no habrás leído demasiadas novelas latinoamericanas de las que están ahora de moda, en las cuales abundan los sucesos extraordinarios como los que cuentas en tu carta. Que exista en Puerto Rico, en el 1993 y en uno de los países económicamente más desarrollados de Latinoamérica, una iglesia dedicada a una mujer que se cree diosa es algo que asombra a cualquiera. Parece un suceso salido de una novela de Gabriel García Márquez, el escritor colombiano. Te apuesto a que si se lo cuentas un día, escribirá un cuento mejor que *Los funerales de la Mamá Grande*.

Pero cuídate de no confundir la realidad con la ficción. Escucha el consejo de este amigo de tu niñez y deja de internarte por esos arrabales perdidos en los que reinan Satanás, el lenocinio y la droga. Voy a guardar tu carta en la más estricta confidencia. No pienso enseñársela a nadie de nuestra comunidad por dos semanas y mucho menos al Reverendo Padre, Director General de nuestra Orden. Pero dentro de ese plazo específico quiero que me comuniques por escrito que has abandonado el proyecto de Cantera, y que te has desembarazado de la situación tan arriesgada, y a la vez engorrosa para nosotros, en la que te encuentras envuelto.

Recibe un abrazo de tu amigo de siempre,
Alejandro Cortínez, S.J.

P. Ángel Martínez de la Paz
Parroquia de El Condado
Avenida Ashford # 201
Santurce, Puerto Rico, 00907

Estimado Padre Ángel:

Nos ha extrañado mucho no recibir noticias suyas durante las últimas dos semanas, como le roga-
mos en nuestra última carta enviada urgentemente
a Puerto Rico. Es mi deber informarle que nuestro
Sínodo se ha reunido para considerar su caso, y que
se le ha negado por unanimidad el permiso para construir la Basílica de Santa María Invicta en el barrio
de Cantera, según usted nos lo ha requerido oficial-
mente. Rendirle culto a la Virgen en un lugar donde
se cometen toda clase de crímenes, no coincide con
las pautas de apostolado establecidas por nuestra
Orden. En nuestra Santa Madre Iglesia hay órdenes
de misioneros especializados para incursionar en
barrios como el de Cantera, pero la Compañía de
Jesús no es una de ellas. Nuestra orden fue fundada
por San Ignacio de Loyola para la conversión de los
herejes en esferas de influencia y poder. Nuestro
designio es hacer de la religión un arma efectiva, que
participe en el encauzamiento del destino de los pueblos. Los habitantes de Cantera no están, desgraciadamente, entre ese tipo de gentes. Para convertirlos
al camino de la fe no se necesita la labor de un galeno
con especialidad en psiquiatría, como usted.

Como usted bien sabe, porque se le informó claramente antes de salir para Oviedo, el interés de nues-

tra Orden al construir en Puerto Rico una Basílica a la Virgen es fomentar la piedad entre los líderes de la sociedad, que tienen un nivel de educación más alto. Que se rece con más asiduidad el rosario, que se refuercen las virtudes cristianas que mantienen unidas a las familias bien de la isla. La cantidad de puertorriqueños que viaja anualmente a Medjugorje, Lourdes, y otros santuarios europeos por el estilo, nos llamó la atención, y nos pareció que la Madre de Dios, al encender en tantos fieles pudientes la llama de la devoción, quería que hiciéramos de esa isla un ejemplo.

Nuestra Santa Madre Iglesia ha afirmado siempre que lo que importa es el socorro espiritual y no el material que podamos ofrecerles a los fieles. La doctrina oficial de la Iglesia siempre ha reconocido el derecho del individuo a la propiedad privada, y cree que es justo reconocer el valor ético de la libertad del mercado. Lo que usted nos describe en su carta al hablarnos de las injusticias que se ven en arrabales como los de la Laguna San José son los males endémicos del capitalismo, y es al gobierno de esa isla, y no a la Santa Madre Iglesia Católica, al que le toca resolverlos.

Sus órdenes son, por lo tanto, que abandone al punto su campaña para recoger fondos para la Basílica en el barrio Cantera y que siga insistiendo con paciencia entre la gente educada de El Condado, hasta que logre ganarse su confianza. Estoy seguro de que con el tiempo querrán edificarle a la Virgen la Basílica más espectacular de todas.

Cordialmente en NSJ, quedo,
Padre Alejandro Cortínez, S.J.
Provincial de la Compañía de Jesús

80

DIARIO DEL PADRE ÁNGEL

16 de marzo

Querida Teresita:

*Ha sucedido algo maravilloso. Manolo Cova-
donga se presentó hoy en la parroquia y parecía
talmente un niño grande al que han visitado los
Reyes Magos. Entró a mi oficina como siempre,
alborotando con sus compañeros y tocando unos
tambores pequeños que aquí llaman bongoses, que
son los que acompañan la salsa. Se sentó encima
de mi escritorio y me puso un maletín de cuero al
frente. Yo le dije que se dejara de bromas, que allí
estábamos en la casa de Dios y que no eran horas
de estar con aquellos "jelengües de negros", como
dice burlonamente el propio Manolo cuando quiere impresionarme con la riqueza del vocabulario
de la clase lumpen. Pero insistió en que aquello era
un regalo para mí y que tenía que abrirlo. Yo me
quedé mirando el maletín y pensé que a lo mejor
adentro estaba la respuesta a todos los problemas
que estoy teniendo con el Sínodo de mi orden, y
con su oposición a nuestro proyecto de Cantera. Lo
acerqué poco a poco, apreté los dos resortes de bronce hacia los lados, las dos palanquitas saltaron y
levanté poco a poco la tapa. No me había equivoca-
do; adentro había, puestos en fila como las alas de
la esperanza, por lo menos cuatrocientos mil dólares en billetes verdes. "Nos encontramos el maletín
debajo de una mesa en el Compostela, un restau-
rante muy exclusivo de la Capital", me aseguraron
los Arcángeles Eléctricos sin dejar de tocar salsa.
Los miré con descreimiento, inmóvil sobre la*

*silla del escritorio. "¡Ay Santa María Invicta –
me dije–, ayúdame a sobrellevar esta prueba!"
Reconozco que no debí aceptar aquel obsequio. Debí
llevar el maletín a la policía; reportarlo como perdido o quién sabe si robado. Pero aunque la volun-
tad es fuerte la carne es débil. "El solar de los Corozos es nuestro, muchachos –les dije cerrando el
maletín de un golpe–. Vámonos enseguida a las
oficinas del Municipio, donde están inscritos los
terrenos colindantes a los mangles de la Laguna
San José, no vaya a ser que algún peje gordo se
nos adelante a comprarlo."*

9 de abril

Hoy regresó a visitarme a la parroquia el agente Martín Cruz Rivera. Vino a decirme que iban a
arrestar a Manolo Covadonga y que venía a infor-
mármelo, porque sabía que era mi amigo. La División de Narcotraficantes interceptó hace dos noches las señales de un radio de onda corta en una
finca de las alturas de Maricao. El radio le daba
direcciones a una embarcación que se acercaba por
la costa cercana al pueblo de Guayama. Los agentes enviaron inmediatamente dos grupos armados
a lidiar con el asunto. La embarcación, un barco
pesquero de 35 pies de eslora con matrícula colom-
biana, desembarcó nueve millas al sur de Guayama, y transportaba 200 libras de mariguana. Fue
interceptada inmediatamente por el primer grupo.
El otro grupo fue estrechando un cerco alrededor
de la finca de Maricao, y atrapó por fin al respon-
sable de emitir las señales del desembarco. Sentado en una casucha en medio de la maleza y alum-

82

brándose con un quinqué de gas estaba Manolo Covadonga.

La noticia me provocó una conmoción inusitada. No me había dado cuenta de lo mucho que me había encariñado con Manolo. Me alegraba verlo entrar por la puerta de mi oficina, pelado de la risa y gritando "¡Aquí estoy, Padre, no se apure!", "Contra el vicio de no dar está la virtud de pedir!", o "El que da lo que no tiene, a ganar el cielo se atiene!" mientras me abrazaba cariñosamente o me daba palmadas por la espalda. Su apoyo a nuestra campaña de recoger fondos para la Basílica de Santa María Invicta nos va a hacer mucha falta.

10 de abril

El agente Martín Cruz Rivera acaba de salir de mi oficina en la parroquia. Me ha pedido que lo ayude, porque el negociado de Alcohol, Tabaco y Armas de Fuego arrestó ayer a cinco personas que transportaban desde Orlando, Florida, un cuantioso cargamento de armas ilegales. Este incluyó siete rifles de combate con el número de serie tachado; una pistola; un gran número de lubricantes y peines; y más de mil balas. Los arrestados, me informó confidencialmente Cruz Rivera, son camaradas de Manolo Covadonga, pero han rehusado confesar para qué propósito estaban destinadas las armas. Su preocupación es seria, sin embargo. Cuando el avión proveniente de Orlando aterrizó en el aeropuerto de Isla Verde no aparecieron por ninguna parte dos maletas en las que se cree que también venía un cargamento de armas semi-automáticas, aunque allanaron la mayor parte del equipaje de los acusados.

83

11 de abril

Fui hoy a visitar a Manolo Covadonga al Oso Blanco, la Cárcel Municipal de San Juan, y me dejaron hablar con él a solas por veinte minutos. Ya he pagado su fianza y me dicen que no me preocupe, que lo dejarán salir pronto porque las autoridades tienen que hacer lugar para los confinados más recientes. La cárcel es un lugar deprimente; la planta física es completamente anticuada y se conoce que fue construida en una época en que se castigaba otra clase de crímenes, cuando la verdolaga de la droga todavía no había arropado a la isla. "No soy culpable de lo que se me acusa, Padre —me aseguró Manolo—. Le juro que no soy traficante de mariguana. Pero si si lo fuera, tendría mi conciencia tranquila. Después de todo la yerba es legal en muchos lugares, como en Suiza y los países escandinavos." Me dije que Manolo tenía razón. En muchos países la mariguana es utilizada como remedio en los hospitales, sobre todo para ayudar a los enfermos de cáncer.

Marcos cerró el contrato de la venta de la casa de El Condado poco antes de marcharse a Mallorca. Cuando salió del hospital Mariana escasamente si tuvo tiempo de ir a buscar su ropa y sus maletas, antes de que los camiones de la Capitol Storage se llevaran todos los muebles. No tenía la menor idea de cuánto los españoles le habían pagado a Marcos por la propiedad. Como la casa había sido siempre la residencia de los Robles y estaba a su nombre, no se necesitaba que ella firmara las escrituras. Los muebles y

84

objetos de arte estaban también a nombre de Marcos.

El día que fue a buscar sus efectos personales, Mariana se detuvo por un momento frente a la pesada puerta de cuartones. La casa tenía aspecto de hacienda española, con aleros de tejas rojas, rejas de volutas negras y faroles sevillanos a cada lado del zaguán de la entrada. Regresar a aquel lugar la hizo recordar los años de su noviazgo, cuando era una persona distinta. Había visitado a los Robles del Castillo muchas veces cuando Marcos y ella eran novios y Don Armando y Doña Victoria residían todavía en la isla parte del año. Era una pareja adusta, que vivía al rescoldo de sus apellidos. La vida que llevaban era completamente sedentaria y las actividades sociales eran su única razón de ser. Quizá por eso el recuerdo que tenía de ellos se le estaba desvaneciendo tan rápidamente.

Desde que Marcos había regresado a España Mariana casi no había vuelto a pensar en él. Era como si una planta se le hubiese muerto misteriosamente y ella no se hubiese dado cuenta. No había perdido las hojas y estaba todavía en pie, parecía que estaba viva, pero de pronto alguien había tirado del tallo y la planta había salido arrancada de cuajo. Ahora, al venderse la casa del Condado, la ataría a él un lazo menos. Mientras cruzaba los salones de la casa pensó que se estaba liberando de todo aquello, de las sillas del comedor con grifones alados; de las camas de baldaquín al estilo tétrico del Escorial; de la mirada de los antepasados de los Robles, que la observaban con el ceño fruncido desde la pared. Se montó en el carro y cuando apretó el acelerador y se alejó de allí, dio un suspiro de alivio. Encendió la radio y Danny Rivera salió cantando "Yo quiero un pueblo que ría y que cante".

A las dos semanas de mudarse con su mamá a Garden Hills, ya Matilde había recobrado su buen color. Aunque no había recuperado el habla, bajaba todos los días al patio y trabajaba durante varias horas con sus begonias y sus helechos. Mariana consiguió un trabajo *part time* en *La*

Prensa y empezó a ir a las oficinas del periódico todos los días. Vivía una vida completamente quitada de bulla; rehusaba todas las invitaciones que le hacían sus compañeros de trabajo y sólo salía para ayudar al Padre Ángel en Cantera, ir a las oficinas del periódico, o llevar a su mamá a Misa. Al principio se sentía como si se le hubiese muerto alguien. No quería escuchar música ni se arreglaba para salir; era como si estuviese de luto. Poco a poco, sin embargo, sintió que aquella soledad la reconfortaba. El silencio de la casa, cuando llegaba del trabajo, le curaba las heridas como un bálsamo. Ya no tenía que entrar pisando huevos, atemorizada de interrumpir a Marcos en alguna transacción de negocios, o sencillamente molestándolo con su presencia.

De vez en cuando salía con Ariel. Se lo encontró una tarde en La Bombonera, en el Viejo San Juan, y la invitó a tomarse un café con mallorcas tostadas que la hizo remontarse al paraíso perdido de la niñez. "En la Mallorca auténtica soñé muchas veces con estas mallorcas falsas", le dijo riendo. Y le contó cómo allá, cuando pensaba en ellas, se acordaba de las bostas de vaca frescas en la finca de su abuelo en Utuado, que tenían también una forma de turbante tibio y reconfortante.

"Fue una desilusión descubrir que en Mallorca no había mallorcas —le dijo aquella tarde a Ariel, mientras hundía el pedazo de pan dulce en la taza de café espumoso, recién colado en la famosa cafetera cubana del establecimiento—. Cuando por fin descubrí unos panes parecidos, eran duros y secos y se llamaban ensaimadas." "La patria es donde uno ha tenido una niñez feliz —le dijo Ariel—. Por eso, cuando estamos tristes, siempre regresamos a ella."

Se empezó a dejar crecer el pelo de su color original, un hermoso color caoba. Desde que se había casado con Marcos se había pintado el pelo de rubio, pero ahora descubría que aquella cabellera plateada hacía que se le desdibujara la cara, que se le borraran las facciones en una nube anónima. Regresar al pelo oscuro estaba en consonancia con su decisión de quedarse en la isla, de ponerse al timón de su propia vida. El marrón hacía resaltar sus ojos negros, les daba peso y contexto. Ahora se sentía más ella misma cuando se miraba en el espejo.

A los dos meses de salir del hospital le escribió a Marcos a Mallorca pidiéndole que pensara bien las cosas, que no tomara ninguna decisión drástica, pero no fue más que un gesto protocolario. Adivinaba que Marcos quería divorciarse y se sintió contenta; ella tampoco estaba dispuesta a hacer concesiones a estas alturas. No mencionaba para nada a José Antonio en su carta para no echarle más leña al fuego, pero el niño le hacía mucha falta. Le escribió varias veces. Esperaba que Marcos le leyera las cartas, o que se las diera a leer en voz alta a alguna de sus niñeras. Sabía que tendría que ir pronto a ver a un abogado, pero no acababa de decidirse a hacerlo. Era difícil encontrar la fuerza para dar el primer paso hacia el divorcio, aceptar la responsabilidad por una decisión tan seria.

No le cabía la menor duda de que, si se divorciaba, la corte le adjudicaría la custodia de José Antonio; no había razón alguna para que fuese de otra manera. Además, estaba dispuesta a que el niño pasara parte del año con su padre en Mallorca. En lo que no había pensado en lo absoluto era en la división de bienes gananciales. Desde la muerte de su padre le había entregado a Marcos todo el dinero que había heredado, y él lo había invertido en el negocio de muebles. Más tarde, cuando la tienda empezó a dar dividendos, Marcos los invirtió en bonos al portador, sin darle a ella recibo alguno por aquellas inversiones. Entonces todavía confiaba en él; lo veía como el conde enamorado de *La Violetera*.

Siguió visitando al Padre Ángel todas las mañanas en la parroquia, a pesar de que Ariel le aconsejó que no lo hiciera. Subían juntos a la camioneta roja y se internaban por los laberintos de Cantera, buscando a los drogadictos y a los atómicos que dormían arrebujados debajo de sus tormenteras de cartón a orillas de la laguna, o escondidos como sabandijas en sus ranchos al fondo de los canales del mangle. El Padre y ella los encontraban, los ayudaban a subir a la camioneta y los llevaban al dispensario. Allí hacían que se bañaran, les daban de comer y los dejaban quedarse a dormir durante uno o dos días. En otras ocasiones el Padre les suministraba un poco de metadona y los devolvía a sus cuevas o a sus guaridas para que allí se siguieran muriendo con el menor dolor posible.

Una tarde Ariel y ella fueron a pasear por el Morro en el Viejo San Juan. Cuando llegaron al antiguo arsenal se sentaron en la grama a ver ponerse el sol sobre la costa de Cataño. A lo lejos se veían las chimeneas de las petroquímicas, que ya empezaban a parpadear su hormiguero de luces del otro lado de la bahía. Había gente paseando a sus perros, niños volando chiringas, carritos vendiendo helado, las eternas parejas apestilladas en los bancos. Un transatlántico blanco navegó lentamente frente a ellos, en dirección de la salida de la bahía.

"Parece un edificio de diez pisos, a punto de salir flotando por la boca del Morro", dijo Ariel mirándolo asombrado. Sacaron de una bolsa unas empanadillas y unas latas de Coca Cola y empezaron a comer. Mariana se volvió a mirarlo. Ariel tenía la piel tersa y los ojos verdes, y de su boca salía un aliento a hierba fresca que la atraía.

Ariel nunca se había casado y vivía solo en un pequeño apartamento del Viejo San Juan, a donde iban a parar todos los gatos y los perros realengos del vecindario. En su casa, le contó aquella tarde, le tenía un altar a Buda, al que siempre le tenía encendida una lamparita de incienso y un ramito de amapolas frescas en un florero. Había vivido en el Bronx durante muchos años, donde trabajó en una compañía de teatro de vanguardia, el Taller Boricua. Allí conoció a muchos escritores y artistas puertorriqueños, refugiados como él de los *pogroms* de los años setenta, cuando el Intendente de la Policía, Desiderio Cartagena, montaba cacerías de independentistas a la cabeza de su fuerza secreta. Muchos habían huido de la isla durante aquellos años, pero ahora el ambiente político se había vuelto más pacífico. Como otros escritores y artistas, él también había decidido regresar a casa.

El problema era encontrar cómo ganarse la vida sin traicionar los ideales a los que había permanecido fiel desde la juventud. La Primavera de Praga, la matanza de Tlatelolco, Antonia Martínez y el Topo eran ya historia paleolítica; a la juventud de hoy no le interesaba nada de eso. Para él, sin embargo, la lucha por los derechos civiles seguía siendo la meta principal de su vida. Además de trabajar *part time* en el *Diario la Prensa* como corrector de pruebas también trabajaba por temporadas en "Teatruras", la compañía de Tony Chiroldes, que montaba obras de teatro comprometido en los parques públicos de la capital y en los pequeños cafés de los pueblos de la isla. En la demostración del Santuario del Pozo, por ejemplo, habían participado muchos artistas, que se habían puesto de acuerdo para montar una pequeña obra de teatro, que denunciara el problema de la prevención inadecuada del SIDA. A pesar de que no era homosexual, aquel acto le había ganado la burla de muchos de sus compañeros de trabajo, que ahora lo acusaban de que "corría por el prado".

Mariana, por su parte, le contó todo lo que estaba sucediendo en su vida. Su padre había muerto hacía dos años, su marido y ella estaban a punto de divorciarse. Su mamá estaba medio tocada de la cabeza desde su visita a Medjugorje, y el Padre Ángel, su mejor amigo, andaba también medio chalado. Era un fanático en todo lo que se refería al divorcio y a la liberación femenina, pero hacía un trabajo social muy efectivo en el arrabal de Cantera y a ella le gustaba trabajar con él. Aparte de su trabajo con el Padre Ángel, lo único que le interesaba en ese momento eran sus artículos en el periódico *La Prensa*, y cuidar a su mamá. Y, por supuesto, volver a reunirse un día con su hijo, que se encontraba viviendo en España.

89

"El mundo está loco de remate –le dijo Mariana a Ariel cuando terminó de contarle–. Eres la única persona cuerda con la que hablo desde hace no sé cuánto tiempo."

Ariel le pasó el brazo por los hombros y la estrechó contra él sobre la grama. "Estás entre la espada y la pared – le dijo–. Entre un marido que te rechaza y un enamorado casto. ¡Tienes que deshacerte de ambos!" Se echaron a reír de nuevo y Ariel se levantó de un salto, corrió hasta el carrito de los helados y compró uno de coco para los dos. "No se puede coger la vida tan en serio", le dijo mientras lamían juntos el vasito lleno de crema blanca.

La besó lentamente en la boca y la hizo tenderse sobre la grama. Mariana se quedó mirando las nubes que flotaban en dirección al Morro y no quería que aquel beso terminara. En aquel momento se sentía como ellas, suaves, limpias y livianas, sin una sola preocupación en el mundo. Sintió que sus poros se abrían y que sudaba un líquido dulce, como si estuviese hecha de cera. Durante los seis años que llevaba de casada nunca se había sentido así con Marcos. "También por esto regresé a la isla –se dijo en silencio–, porque necesitaba encontrarme con Ariel."

Dos semanas después Mariana estaba por salir de su casa en la mañana, camino del supermercado, cuando oyó que tocaban a la puerta. La abrió y se topó con un hombre enjuto y uniformado, con una placa de bronce brillándole sobre el pecho.

"¿Es usted Mariana Duslabón?", le preguntó, apretando la boca en una sonrisa estreñida. Mariana iba a contestarle cuando el hombre le alargó sin miramientos un sobre de manila amarillo. "Está usted citada para aparecer en corte el próximo veinte de este mes", le dijo. Era la demanda de divorcio. Marcos requería que la corte le adjudicara a él la custodia exclusiva de su hijo. Pedía que se le negara el permiso de visita a la madre, a quién acusaba de adulterio. Mariana no recordaba haber sentido tanta ira en mucho tiempo. Le tiró la puerta en la cara al alguacil y subió temblando a su cuarto. Llamó al Padre Ángel por teléfono. "Me temo que no va a ser un divorcio nada bonito –le dijo cuando le contó lo sucedido–. Marcos está loco de remate. Pero no se preocupe por nada. Yo la defenderé en corte, aunque tenga que testificar personalmente para hacerlo."

El Padre temía que Marcos levantara contra ella algún tipo de evidencia falsa. Seguramente le había puesto un detective y ella, la muy zonza, no se había dado cuenta de nada. Se reunió esa tarde con él en la parroquia y el Padre la confesó minuciosamente. Le hizo contar todo lo que había hecho en las últimas semanas; con quién había salido, a dónde había ido, si se había dado cuenta de que alguien la estaba siguiendo. Cuando se enteró de que hacía solo dos días había vuelto a ver a Ariel, se puso las manos en la cabeza.

"No quiero que vuelva a verlo –le dijo en un tono inesperadamente severo–. Se está jugando a su hijo, que debe ser lo más importante para usted en estos momentos."

Mariana no estuvo de acuerdo. Ariel era sólo un amigo; no había nada que ocultar entre ellos. Le explicó que lo conocía desde hacía años; habían estudiado juntos en la Universidad y no era ningún tránsfuga ni tampoco un irresponsable. Era un escritor y un actor, además de ser un líder de la defensa de los derechos civiles en la isla. El Padre, sin embargo, se negó a escucharla. "Es usted una loca si vuelve a verlo. Acuérdese que está sola en el mundo y las mujeres solas no pueden correrse esos riesgos."

Al día siguiente Mariana se dio cuenta de que los Arcángeles Eléctricos habían empezado a seguirla a todas partes. Montados en sus motocicletas, aparecían junto a su carro en la mañana cuando lo sacaba del garaje para ir al trabajo o para hacer alguna diligencia, y no la dejaban sola ni por un momento. Parecían una escuadra militar, acelerando y asustando a todo el que se le acercara con el ruido de sus motoras. No bien Mariana llegaba a su destino y

91

descendía del carro, desaparecían como por arte de magia. Una tarde se enfureció con la situación y al llegar a la parroquia buscó al Padre Ángel y le dijo: "Hoy sus Arcángeles matones han vuelto a seguirme otra vez. Hágame el favor de llamarlos y dígales que me dejen en paz".

El Padre bajó la cabeza avergonzado. "Sólo están tratando de protegerla, Marianita —le dijo sin mirarla de frente—. No debe de tomárselos a mal. Con Marcos amenazándola, es lo menos que podían hacer."

Al regresar ese día a la casa de Garden Hills, Mariana se sentó en la terraza con un trago en la mano, a contemplar cómo el sol teñía de rojo las palmas que crecían al fondo del patio, empeñado en desangrarse antes de ocultarse detrás de ellas. Quería pensar a fondo las cosas, entender las razones que el Padre había tenido para hablarle de aquella manera. Matilde estaba sentada a su lado en uno de los sillones de *redwood*, y ambas se mecían en silencio, aspirando el perfume del árbol de eucalipto que crecía cerca de allí. A pesar de que su madre nunca le contestaba, Mariana le hablaba a menudo en voz alta. Se hacía la ilusión de que la escuchaba; de que en algún momento iba a salir de su mutismo y le iba a decir lo que tenía que hacer.

"A veces el Padre Ángel me preocupa, Mamita querida, me mira con una intensidad que me asusta. Se ha ocupado de nosotras con una generosidad sorprendente, pero quiere que esté con él todo el tiempo y eso no me conviene. Hay razones del corazón que la razón no entiende, y temo que esté obsesionado conmigo. Me tiene loca con sus protectores, que no me pierden ni pie ni pisada. Si los llegas a ver te horrorizas; andan armados hasta los dientes, parecen salidos de una película de Mad Max. Sólo el Padre Ángel, con lo ingenuo y lo bueno que es, puede creerles a esos matones cuando le dicen que quieren hacerse misioneros como él.

"Hace unos días el Padre me trajo un regalo envuelto en papel de seda y me lo dio con mucho misterio. Me dijo que

92

acababa de recibirlo y que se lo habían mandado de Oviedo, de donde es su familia. Era un libro precioso, encuadernado en cordobán azul marino y con un filo de oro como de misal. Se trataba de una biografía de Teresita de la Paz, su hermana gemela, quien murió trágicamente cuando el Padre Ángel tenía treinta años. Me insistió tanto para que leyera el libro que finalmente lo leí para complacerlo.

"Su hermana fue una víctima del fanatismo de sus padres, una gente sumamente devota y estricta. Los padres querían tener una hija santa y Teresita, que era una niña debilucha, sin muchas ganas de vivir y mala salud, les vino como anillo al dedo. La convencieron de que se metiera en un convento de las Carmelitas Descalzas, una orden muy estricta, de ésas donde las monjas duermen sobre esteras de paja y viven completamente enclaustradas, y allí la pobre enfermó de tisis. Cuando murió le hicieron una tremenda campaña en Oviedo y lograron que el Papa la beatificara. Dicen que su cuerpo no presentó síntoma de descomposición alguno, y que se ha mantenido fresco como un lirio en la cripta de la familia todos estos años.

"No sé, pero a veces creo que el Padre Ángel anda algo mal de la cabeza. Le ha dado con que yo me parezco a Teresita y que tengo que seguir su ejemplo. A cada oportunidad que tiene le enseña a los Arcángeles su retrato y les pregunta que si no es cierto que me parezco a ella. Es cierto que hay un aire entre nosotras, sobre todo cuando yo llevaba todavía el pelo rubio y me lo ataba detrás de las sienes con una cinta azul. Pero en cuanto a la personalidad, nos parecemos lo mismo que el pato al ganso.

"El Padre quiere que lleve una vida retirada, sin reunirme con amigos de ninguna clase que puedan poner en peligro mi reputación. Cuando se enteró de que he empezado a salir con Ariel, por poco le da un ataque de apoplejía. Pero no voy a dejar que el Padre me dicte lo que tengo que hacer con mi vida. Yo no soy como Teresita, no creo para nada en el sacrificio ni en el renunciamiento. Para querer a Dios, uno tiene que quererse primero a sí mismo.

"El otro día tuve un sueño. Soñé que el Padre Ángel y el Sagrado Corazón de Jesús eran uno mismo y que el Padre, o quizá era Jesús, se abría el pecho con las manos, como si se separara las dos cortinas de un teatrito que llevaba en el pecho. Adentro, en lugar de una lamparilla encendida con una llama, llevaba una bomba negra llena de pólvora, de esas que se ven en el fortín de Santa Bárbara, a la entrada del Viejo San Juan. El Padre me llamaba para entregarme la bomba y me decía, 'Con la ayuda de los Arcángeles Eléctricos tú y yo vamos a reformar el mundo'. Al ver a los pandilleros que se me acercaban yo salí corriendo aterrada. El Padre me siguió y cuando por fin me alcanzó, trató de obligarme a que apagara la llama de su lámpara con las manos, ahí me desperté."

Al día siguiente hizo mucho calor y en la tarde a Mariana le empezó un dolor de cabeza espantoso, de los que hacía varios años que no le daban. Se lo comentó a Ariel por teléfono y éste se ofreció a llevarla a dar un paseo hasta la playa, a ver si la brisa del mar la aliviaba. Mariana accedió a ir y le dijo que pasara por la casa, que podían ir en su carro. Le dio la llave del Nissan y Ariel se puso al volante; Mariana se sentó a su lado y recostó la cabeza contra su hombro. Serían alrededor de las seis y el cielo de Isla Verde era un bastidor teñido de anaranjados y púrpuras flotando sobre el mar, pero ella casi no podía mirarlo. Cuando iban cerca del Último Trolley el dolor se le volvió tan agudo que era ya una llamarada blanca, un clavo que le traspasaba de lado a lado la cabeza. Le pidió a Ariel que se estacionara un momento junto a la acera, abrió la puerta y se bajó del carro. Se acostó en el asiento de atrás con los ojos cerrados, buscando sentir algún alivio. Sintió como si se estuviera cayendo en un pozo sin fondo.

Cuando los abrió de nuevo Ariel estaba sentado junto a ella y a cada lado del vehículo había tres Arcángeles Eléctricos en motocicleta. Le hicieron una seña a Ariel y lo obligaron a bajarse del asiento trasero y a ponerse de nuevo al volante. Tuvo que seguirlos por las calles que le indicaban. Dejaron atrás la playa, cruzaron Villa Palmeras y entraron a Barrio Obrero. Mariana vio la mole del Templo de Amita, con su pórtico de doce columnas esmaltadas de blanco, que surgía frente a ella. Nunca lo había visitado, pero el Padre Ángel le había contado muchas veces cómo era. Los Arcángeles obligaron a Ariel a estacionarse en una calle cercana. "Venga con nosotros –le dijeron a Mariana, tomándola por el brazo para ayudarla a bajar–. Ya verá como se le cura enseguida el dolor de cabeza."

Sacaron a Ariel del carro y lo llevaron prácticamente en vilo, empujándolo sin miramientos en dirección al Templo. Atravesaron la calle en silencio y de pronto a Mariana le pareció sentir el perfume a nardos del Padre Ángel, pero no lo vio por ninguna parte. El dolor de cabeza la hacía caminar casi a ciegas; escasamente si podía abrir los ojos. Una muchedumbre de fieles, todos vestidos de blanco, caminaban con prisa junto a ella por la calle. Aquello parecía un hormiguero que la arrastraba hacia adelante. Al atravesar el pórtico los fieles se ponían la mano derecha sobre el pecho y agitaban sus pañuelos blancos sobre sus cabezas en dirección al altar, como si saludaran a alguien, pero el estrado estaba completamente vacío.

"Se da cuenta de la paz que se respira aquí –le dijo al oído uno de los Arcángeles a Mariana–. ¡Mire qué feliz se ve todo el mundo! Ya verá como pronto se alivia."

"¡Entren al Arca de Noé! ¡Entren, entren! El que pasa por aquí se salva –repetía un pastor a la puerta del Templo, dándoles la bienvenida–. ¡Pronto va a empezar el servicio, por favor no se detengan!"

Dos pastores, con sus cayados en la mano, vinieron a recibirlos y los escoltaron por el pasillo de la nave hasta el altar del fondo. Ariel miraba a su alrededor con los ojos desmesurados de asombro. El interior del templo era impresionante. Tenía seis mil butacas tapizadas de seda roja, en las que se iban sentando las ovejas del rebaño. Sobre el estrado había una docena de sitiales tapizados de raso azul, en los que se sentaban los Pastores Mayores; y un trono estilo Imperio dorado al fuego, que Mariana supuso pertenecía al Profeta Absalón. Detrás de todos, en un estrado todavía más alto, se iban sentando los miembros de la Banda de Amita, la orquesta de cuerdas y el coro. Pero lo que más le llamó la atención a Mariana era que todo el mundo estaba descalzo.

Encima de ellos brillaba un enorme vitral alumbrado con luces de neón: la paloma del Espíritu Santo que descendía en picada de una estrella enorme. La banda empezó a tocar y los trombones y los cornetistas descendieron bailando por el estrado y empezaron a acompañar a unas jóvenes vestidas con togas blancas que se desplazaban por el pasillo central, dirigidas por un niño que tocaba la flauta. Las jóvenes bailaban como en trance, levantando los brazos y sacudiendo sus melenas sueltas sobre los hombros. Ninguna de ellas llevaba zapatos.

Los Arcángeles llegaron al final del pasillo y subieron a Mariana al estrado. La hicieron ponerse en fila junto a las otras jóvenes que ya esperaban allí, cerca de la butaca vacía de Absalón. Mariana se sentía inquieta, trató de localizar la salida de emergencia pero no vio ninguna. Sólo la gran puerta del fondo, oscura como la boca de un hormiguero, por la cual seguían entrando miles de fieles. Logró por fin identificar a Ariel, que se había quedado atrás en la muchedumbre. Estaba sentado al centro de la platea y dos Arcángeles, uno a cada lado de su butaca, lo sostenían por los brazos como para evitar que se levantara. Se veía frágil y asustado, escoltado por aquella pareja de matones de molleros como macetas de ausubo. Mariana empezó a sentir pánico. El dolor de cabeza era tan fuerte que de pronto tropezó con algo y se fue de bruces. Alguien acudió a levantarla

y se quedó sin habla cuando vio que era el Padre Ángel.
"¿Se encuentra bien, hija mía? –le preguntó solícito tomándola por el brazo, y le acercó una silla para que se sentara–. No se preocupe por nada. Ya verá qué pronto se alivia."

Mariana estaba sudando y empezó a sentir náuseas. Los músicos empezaron a tocar el himno de apertura del acto, "Amita, tuya es la Obra". De pronto alguien la ayudó a ponerse de pie. Era un joven muy bien vestido, con chaquetón blanco y corbata de seda. "Tiene que ponerse de pie para saludar al Profeta", le dijo cortésmente, sosteniéndola por el codo.

Frente al trono estilo Imperio estaba de pie un negro alto y fornido, vestido con una toga blanca. Sus tobillos parecían dos troncos de ausubo y Mariana pensó en un ídolo con los pies de barro. Llevaba en la mano algo que brillaba, una daga o un puñal, no estaba segura. La banda empezó a tocar, pero en lugar de un himno religioso, los acordes de *Pinnochio*, la película de Walt Disney, llenaron la enorme nave: "When you wish upon a Star, makes no difference where you are, your wish comes true". Mariana no sabía si reírse o llorar, pero se le quitaron las ganas de ambos cuando vio que Absalón blandía en alto el cuchillo y le comenzaba a hacer una línea muy fina en la frente a una joven de pelo oscuro que estaba en la fila justo enfrente de ella. Le oyó decir a alguien cerca que la joven padecía un dolor de cabeza intenso, y que estaban tratando de curarla. Media docena de incensarios colocados a su alrededor en el piso emitían un humo blanquecino, que envolvía a todo el grupo. Mariana levantó la cabeza y miró hacia arriba, pero no pudo volver a localizar a Ariel entre la concurrencia. Había desaparecido de su silla. Se dio cuenta de que aquella joven de cabello oscuro no sólo se le parecía, aquella joven *era* ella. Por un momento luchó por librarse de los profetas que la sostenían por los brazos, pero sin éxito. Cerró los ojos y dejó de gritar. Le pareció que la estrella del vitral se le venía encima.

97

Se despertó en la parroquia del Condado, en el cuarto del Padre Ángel. Se sentó en la cama y se frotó los ojos; el dolor de cabeza había desaparecido por completo. Junto a la cama, sobre la mesita de noche, había una botella de alcoholado y varios pañuelos, así como un tubo de Panadol en comprimidos. Frente a la ventana estaba el escritorio del Padre Ángel, con el retrato de Teresita en su marco de plata. Sobre la consola había un cepillo y una peinilla, ambos también de plata. Un espejo sencillo estaba colgado de la pared. Mariana se levantó y se acercó cautelosamente a él. La habitación estaba en penumbras, iluminada por una vela roja que parpadeaba debajo de una imagen de la Virgen. Se observó detenidamente pero tenía la frente tersa, sin lesión alguna. Dio un suspiro de alivio.

Miró su reloj y vio que eran más de las dos de la mañana. Salió a la sala de recepción de la parroquia y vio al Padre Ángel sentado sobre uno de los sillones de mimbre, profundamente dormido. Se veía frágil y cansado. Tenía unas ojeras profundas alrededor de los ojos y el pelo le caía en mechones sobre la frente, dándole un aire de gaviota perdida. Mariana se le acercó y lo sacudió levemente por el hombro. El Padre la miró sorprendido. "Gracias a Dios que está sana y salva —le dijo—. Los Arcángeles Eléctricos la encontraron desvanecida en el asiento de atrás de su carro, en la playa de Isla Verde, y la trajeron hasta aquí. Parece que el dolor de cabeza le hizo perder el conocimiento y ha estado durmiendo toda la noche. No quería enviarla hasta Garden Hills en esas condiciones, para no asustar a Matilde."

Mariana no podía creer lo que escuchaba. Recordaba perfectamente su dolor de cabeza, estaba segura de que Ariel la había llamado a la casa en la tarde y de que habían ido a pasear juntos en coche hasta Isla Verde. Pero de ahí en adelante todo estaba en tinieblas. Lo último de lo que estaba segura era de que se había acostado a descansar en el asiento de atrás del carro.

"No me gustan estos juegos, Padre. ¿Dónde está Ariel?"

"No lo he visto desde hace días, Marianita. Y ni falta que le hace a usted verlo tampoco." Le aseguró que estaba sola cuando los Arcángeles la encontraron. "Gracias a la Virgen que les di órdenes de seguirla, a pesar de la manía que usted les tiene."

Mariana no salía de su asombro. Le contó al Padre lo que recordaba y él le aseguro que todo había sido un sueño. No había salido de la parroquia en toda la tarde, y mucho menos para visitar el Templo de Amita. Tuvo una sensación extraña en la boca del estómago de pensar que podía perder el control de la realidad de aquella manera. Se sintió de pronto cansada. Era demasiado tarde para averiguar qué era lo que de veras había pasado. Recogió su cartera de la silla y le rogó al Padre que le llamara un taxi para que la llevara de vuelta a su casa. El Padre la miró con tristeza porque se dio cuenta de que no le creía, pero hizo lo que le había pedido.

Tres semanas después se celebró en la Corte del Tribunal de San Juan la vista de divorcio entre Marcos Robles del Castillo y Mariana Duslabón. Marcos voló desde Mallorca a Puerto Rico con José Antonio, y se hospedaron en el Hotel Excelsior. El Juez ordenó que el niño se quedara en Puerto Rico hasta que se decidiera a quién se le adjudicarían la custodia y la patria potestad. Mariana llamó por teléfono a tía Lola y a tía Rosa, a ver si querían venir a la corte a acompañarla, pero le dijeron que estaban muy ocupadas y no podían venir. Mariana se apenó bastante; supuso que todavía estaban molestas por lo sucedido el día de la peregrinación al Pozo.

La sesión del divorcio fue privada; no se le permitió la entrada al público en general ni a los periodistas. Mariana estuvo varios días llamando por teléfono a Ariel, pero no pudo conseguirlo por ninguna parte. Había desaparecido como por arte de magia. Unos días después se enteró por un amigo que Ariel se había marchado a Cuba con *Teatruras*, la compañía de teatro experimental, a montar una obra nueva en los pueblos del interior. Por eso no la había llamado, porque no habría manera de comunicarse desde allá.

El día del juicio Marcos llegó tarde a la corte. A pesar del calor, llevaba puesto su traje *double breasted* de gabardina inglesa. Estaba evidentemente de mal humor, pero se había vestido con el cuidado de siempre. En el bolsillo del traje llevaba un pañuelo de hilo inmaculado y tenía los zapatos de cocodrilo negro recién brillados. Al entrar a la sala de querellas matrimoniales saludó a Mariana con un "¡Hola, qué tal!" irónico, y se sentó junto a su abogado en uno de los asientos del lado izquierdo de la sala.

El Padre Ángel llegó un poco después, acompañado por varios jóvenes de Cantera. Mariana se sorprendió al verlo llegar y lo saludó a la distancia. Desde la noche de la pesadilla de Amita no había vuelto a llamarlo ni a visitarlo en la parroquia. El Padre se había ofrecido a ayudarla pero ella le había perdido la confianza. Había contratado los servicios de un abogado excelente, le dijo, y podía defenderse perfectamente bien ella misma. No le había contado a nadie lo sucedido la noche de la pesadilla; ni a su abogado, ni a las tías, ni siquiera a su madre. En ciertos momentos le parecía imposible que aquello hubiese sido un sueño, pero hasta que Ariel no regresara de Cuba no podía verificarlo.

El Padre Ángel se sentó solo a leer la Biblia justo detrás de Mariana, y no levantó la cabeza para saludar a nadie. Se le veía triste y desaliñado; parecía como si no se hubiese cambiado la sotana blanca en varios días. Los jóvenes que lo acompañaban se sentaron ante las mesas que quedaban libres, al fondo de la sala. El Juez entró cuando ya estaban todos reunidos y se pusieron de pie para rendirle sus respetos. No fue hasta que el abogado de Marcos llamó a varios testigos a declarar, que el Padre levantó la vista de la Biblia y puso atención a lo que estaba sucediendo.

Marcos testificó primero, y le aseguró al Juez que desde su llegada a la isla había notado en su esposa un comportamiento extraño. A causa de su trabajo en el *Diario La Prensa* había empezado a codearse con gente indeseable. Al tener que buscar material noticioso para sus reportajes había comenzado a visitar los arrabales de la capital, a donde iba a menudo con el Padre Ángel de la Paz, un individuo totalmente corrupto. Preocupado por las amistades de su mujer, él había decidido regresarse a Palma de Mallorca cuanto antes, pero su esposa se había negado a acompañarlo.

Por la corte desfilaron entonces media docena de detectives privados, contratados por Marcos para escudriñar cl comportamiento moral de Mariana. Aseguraron haberla visto entrar a varios hoteles, acompañada unas veces por el Padre Ángel, otras por hombres desconocidos: estudiantes de la universidad; chóferes de taxis; turistas. Según ellos Mariana era un ninfómana desatada. Cuando José Antonio estaba con ella en la casa de El Condado lo dejaba solo para irse al periódico y luego darse cita con sus amantes.

Mariana no lograba salir de su asombro; escuchaba todo aquello como si estuviesen hablando de otra persona. Cuando el Juez requirió que se le sometieran otras pruebas, fotografías o testimonios de personas que apoyaran las acusaciones de los detectives, al abogado de Marcos se le hizo imposible hacerlo. Poco después el abogado llamó a testificar al Padre Ángel, quien negó rotundamente las acusaciones que se le habían hecho. Dio fe del carácter intachable de Mariana y habló con lujo de detalles sobre la obra que ambos estaban llevando a cabo en el arrabal de Cantera. Pero ni aun entonces Mariana quiso mirar hacia donde el Padre Ángel se encontraba. Sentía una gran desazón; casi hubiese deseado que no la defendiera.

El abogado de Marcos llamó entonces dos testigos adicionales, un sacerdote Jesuita de la diócesis de Oviedo, superior del Padre Ángel Martínez de la Paz, que habló en nombre de la comunidad que lo había enviado; y un oficial de la policía, que trabajaba como agente encubierto en la División de Narcóticos. A las preguntas del abogado de Marcos, el sacerdote testificó que el Padre Ángel pertenecía a una de las familias de más alcurnia de Oviedo, pero que se había visto envuelto en un escándalo de marca mayor hacía alrededor de diez años. Se había fugado con su hermana menor, Teresa, a una comuna de *hippies* a las afueras de la ciudad, donde habían vivido amancebados durante más de dos años. Al término de este período se habían arrepentido sinceramente de sus actos y habían regresado a la casa paterna. Poco después los dos ingresaron a la vida religiosa. Teresita entró al convento de las Carmelitas Descalzas y el Padre Ángel al seminario de los Jesuitas en la vecina ciudad de Estella, y desde entonces ambos habían llevado vidas ejemplares.

Los ovetenses los llamaban cariñosamente "Abelardo y Eloísa", y habían llegado a formar parte del folklore de la ciudad. Cuando Teresita había muerto escasamente un año atrás el Padre Ángel se mostró consternado y le pidió a sus superiores que lo enviaran a América. Había venido con carta blanca para dirigir la parroquia de El Condado, en San Juan de Puerto Rico. Como procedía de una de las mejores familias de Oviedo, se esperaba que pudiera desempeñar con éxito sus deberes entre los fieles que vivían en ese sector, iniciando entre ellos una campaña para recoger fondos para la construcción de una Basílica dedicada a la Virgen, pero no había sido así. El Padre Ángel Martínez de la Paz, en lugar de seguir las indicaciones de sus superiores en Oviedo, se había dedicado a visitar los barrios pobres de la capital, como Cantera y Barrio Obrero, donde había hecho amistades de calidad dudosa, como por ejemplo los Alacranes Eléctricos, un grupo de adolescentes de Cantera, y los pastores de la Iglesia de Amita, una secta de origen Pentecostal. El Padre Ángel se empeñó en ejercer su apostolado entre esas gentes, quienes inmediatamente se aprovecharon de él y del prestigio de la Santa Madre Iglesia.

El abogado llamó entonces a testificar al agente encubierto de la División de Narcóticos, Martín Cruz Rivera. El agente aclaró que los habitantes de Cantera habían establecido una red encubierta de puntos de droga al amparo inadvertido del Padre Ángel. Estos trabajaban bajo las órdenes de un tal Manolo Covadonga, quien se encontraba preso en la cárcel municipal. Manipulando al Padre Ángel y haciéndole creer que estaba estableciendo un centro de ayuda social de avanzada en Cantera, desarrollaron un comercio floreciente de mariguana a la sombra de su pequeño dispensario médico. El Padre Ángel permaneció ignorante de estos procedimientos hasta hacía sólo un par de días, pero al informársele de la existencia de los mismos se mostró recalcitrante a reconocerlo, aun presentándosele evidencia irrefutable.

Los testimonios del sacerdote ovetense y del agente encubierto provocaron una conmoción en la sala. El Padre Ángel comenzó a protestar y a repetir en voz alta que aquello era una vil calumnia. El testimonio del agente encubierto era parte de una confabulación del ala reaccionaria de la Iglesia Católica, dijo, que le daba cova a las prácticas del Opus Dei y a gentes como Marcos Robles del Castillo, que era miembro de esa asociación apabullante y que se oponía a las prácticas progresistas de la Teología de la Liberación, ... pero no pudo seguir su discurso. Los muchachos que habían venido con él se quitaron los zapatos y empezaron a dar golpes con los tacos contra las mesas. Silbaban y aplaudían; formaron un verdadero pandemónium en la corte. El Juez dio un malletazo y ordenó que los sacaran de la sala. El Padre le rogó al Juez que lo disculpara. Le prometió no pronunciar una sola palabra en lo que faltaba de la vista, con tal que se le permitiera permanecer en corte.

El Juez era un hombre mayor, veterano de la Segunda Guerra Mundial, y había visto tanta violencia en lo que llevaba de vida que ya nada lo sacaba de sus casillas. Cuando vio la cara descompuesta del Padre Ángel tuvo compasión de él. No era un hombre religioso y por eso escuchó las acusaciones que el sacerdote ovetense hizo sobre el Padre Ángel con un grano de sal. Si lo que se pretendía era desprestigiar al Padre, para que su testimonio a favor de la buena reputación de Mariana Duslabón quedara neutralizado, iban a necesitar más munición que aquella.

Tenía una colección de pipas puestas en fila frente a él sobre su escritorio, que había recolectado durante sus años de servicio militar en Europa y en el Lejano Oriente. Durante su juventud desarrolló el hábito de fumar tabaco en pipa cada vez que piloteaba su avión sobre las aguas infestadas de nipones del Mar del Japón, y ahora hacía lo mismo. Mientras escuchaba la evidencia de unos y otros, picaba su tabaco de Ciales, rellenaba el cilindro de la pipa de turno, y luego las iba fumando todas alternativamente, la de yeso, la de mazorca de maíz, la de hueso de ballena. Mientras tanto, le daba vueltas al problema de cómo salir ileso de aquel espinoso asunto, sin herir ni violentar a nadie. Había sido amigo tanto del padre de Mariana como del padre de Marcos, y quería quedar bien con ambas familias.

Terminada la sesión el Juez pronunció su sentencia. La corte le adjudicaba a Mariana Duslabón la custodia legal de su hijo durante un período de seis meses de probatoria. Aunque el padre tendría la patria potestad sobre el niño, el Juez entendía que los hijos debían de quedarse con sus madres mientras éstos fuesen menores de edad, porque esa era la ley natural. Las madres estaban más calibradas para ocuparse de los hijos pequeños que los padres, precisamente porque los habían traído al mundo y sabían mejor cómo debían cuidarse.

La falta de pruebas, por otra parte, hacía imposible llegar a una conclusión definitiva sobre el adulterio de la madre. La corte descartaba aquella acusación como descabellada, pero le perdonaba al padre aquel acto porque entendía que se debía a la desesperación por mantener a su hijo consigo. La corte le ordenaba a Mariana que dejara por ahora su trabajo en el *Diario la Prensa*, y se dedicara a cuidar a su hijo a tiempo completo y como Dios manda.

La mayoría de los bienes de la pareja, por otra parte –el negocio de muebles y la casa de Palma–, se le adjudicaban al señor Marcos Robles. El primero era el fruto de su trabajo, y la casa la había heredado de sus padres. A Mariana Duslabón le tocaría el pequeño departamento de El Condado, adquirido por el matrimonio recientemente. No hubo mención alguna de los bonos que Marcos había comprado con el dinero de ambos. De esta manera el Juez consideraba que cumplía con su deber, dándoles a los esposos una de cal y una de arena, y complaciendo a todo el mundo parcialmente.

Durante todo el proceso Mariana mantuvo los ojos clavados en el Juez que, desde la altura del estrado, tronaba ante ella como un Júpiter inaccesible. De pronto se dio cuenta, por un movimiento que percibió con el rabo del ojo, de que estaba tomando lugar una conmoción inusitada en el lado izquierdo de la sala. No le dio tiempo ni de mirar hacia allá. Alguien la empujó por la espalda y se encontró rodando por el piso, bajo la pesada mesa de caoba sobre la cual hacía un momento había estado apoyando los codos y haciendo apuntes en una libreta. El Padre Ángel la empujó hacia allí sin miramientos cuando Marcos sacó un revólver Magnum de su chaqueta y empezó a dispararle a boca de jarro.

Aquel acto de violencia le quitó a Marcos toda la fuerza moral ante los tribunales. Se le formularon cargos y salió libre bajo fianza, pero tendría que someterse a juicio dos meses más tarde, por intento de asesinato. El Juez le adjudicó a Mariana la custodia de José Antonio y Marcos tuvo que regresarse solo a España, con su fortuna intacta, pero con la reputación hecha trizas.

Poco tiempo después de esto tomó lugar en Medjugorje un evento extraordinario. La Virgen se le apareció a los jóvenes videntes y les indicó que el celo y las plegarias de los fieles puertorriqueños habían sido tan intensos, que finalmente la convencieron de la necesidad de que ella viajase físicamente a Puerto Rico. Esto les permitiría a los fieles puertorriqueños, muchos de los cuales habían establecido la costumbre de visitar anualmente Yugoslavia nada más que para verla, rezarle en su propia tierra.

El Padre Slavko Barbaric viajó entonces a Puerto Rico, junto con Marina Pavlovic, una de las jóvenes videntes de Medjugorje, acompañando a la imagen de la Virgen, acomodada amorosamente en una urna para el viaje. Monseñor Antulio Rodríguez los fue a recibir personalmente al aeropuerto, y estuvo presente durante el conmovedor discurso del Padre Slavco por el Canal 6. La feroz guerra civil de la región, adormecida durante setenta y cinco años bajo la dictadura militar soviética, había hecho estragos en Yugoslavia últimamente. Croatas, eslavos y serbios regresaban a sus querellas milenarias y se asesinaban inmisericordemente. Atemorizados ante la situación, los fieles habían dejado de visitar a Medjugorje. El viento bajaba ahora por los costados hirsutos del Monte Cérnica y ululaba por las calles vacías sin que ningún peregrino se atreviera a transitarlas. Los hoteles, las pensiones, los restoranes, las tiendas, todo estaba vacío. Las capillas, antes iluminadas por miles de cirios, yacían abandonadas. Los habitantes de la aldea de Medjugorje, a los que tantos milagros les debían los fieles puertorriqueños, se estaban muriendo de hambre. Era por eso que la Virgen había decidido viajar hasta la isla; porque no era posible que los puertorriqueños abandonaran a sus hermanos croatas en aquella crisis.

"Que el contacto con los hechos y los mensajes de la Virgen de Medjugorje no se interrumpan; que nuestros fieles hermanos sigan dándose la mano a través de las miles de millas de distancia que nos separan. No hemos venido aquí a buscar dinero, oígannos bien, no hemos venido a aquí a vivir de la caridad de nadie. ¡Hemos venido a pedir rezos y no dólares! –dijo con voz temblorosa el Padre Slavco frente a los periodistas–. ¡Por favor, oren y ayunen por nosotros frente a la Virgen de Medjugorje!" "¡Oren y ayunen por nosotros!", repitió con voz lastimosa Marina Pavlovic.

Cuando la tía Rosa vio a Marina hablando por televisión desde el aeropuerto de Isla Verde, inmediatamente cogió el teléfono y llamó a la tía Lola. "¡Esa pobre niña, qué pena me da! Parece que hace un siglo que no come y tiene una cara de anoréxica que no puede con ella. ¿Por qué la habrán escogido a ella para acompañar a la Virgen, cuando los otros videntes se veían tan saludables? Los yugoslavos necesitan que alguien les dé un curso avanzado de *marketing*; no saben lo negativa que puede ser una publicidad como ésa." "Es verdad –le contestó tía Lola–. ¿Y te fijaste la ropa que llevaba puesta? Con ese *sweater* de Angora color rosa parecía una cigüeña que se equivocó de ruta y vino a parar al trópico. Ay hija, vénme a buscar mañana y vamos enseguida a Penney's, a comprarle ropa nueva y mandársela al hotel como obsequio nuestro."

"Bendígame, Padre, porque he pecado."

"Que Dios te bendiga, hija."

Mariana se hincó en el confesionario de la capilla de El Condado y sintió la mirada del Padre Ángel envolviéndola en la oscuridad. Se retiró un poco hacia el fondo, como para protegerse de aquella intensidad. El Padre guardó silencio al reconocerla; Mariana casi podía escuchar el aliento de su respiración contra su oído. Se dispuso a coger fuerzas para hacer lo que tenía que hacer.

"Se me hace difícil decirle lo que le voy a decir, Padre,

107

pero no me queda otro remedio. Me prometí que vendría a confesarme hoy con usted, porque sólo sacándome de adentro lo que me preocupa me voy a sentir mejor. Dicen que los confesores son como los psiquiatras, ¿no es cierto? y usted debió ser un psiquiatra muy bueno antes de hacerse sacerdote. Cuando le habla a Mamá siempre la hace sentir mejor, y la última vez que me confesé con usted estuvo aconsejándome y consolándome, luego de mis problemas con Marcos.

"Aunque yo sé que a usted no le gusta que lo haga, voy a hablarle de Ariel, Padre. Ya volvió de Cuba y está muy bien; me ha pedido que le dé sus saludos. No sabe lo aliviada que me sentí cuando me confirmó que lo que yo recordaba el día de la migraña fue en efecto un sueño; que los Arcángeles Eléctricos nunca nos secuestraron ni nos llevaron al Templo de la Diosa Amita. Usted me había dicho la verdad, pero yo estaba tan angustiada con lo que me estaba pasando que no le creí. Le ruego que me perdone, Padre. Usted sólo ha querido ayudarme; ahora me doy cuenta de que es un ángel de verdad.

"He notado que, después del divorcio, ya no me llama como antes, ni me ha pedido que lo vaya a ayudar en el proyecto de Cantera. ¡Parece mentira, Padre! No todas las divorciadas tenemos que ir a parar a las pailas del Infierno; Dios no puede ser tan intransigente como todo eso. Yo espero que con el tiempo nuestras diferencias se limen y desaparezcan; que usted acepte a Ariel por sus buenas cualidades. El es un idealista como usted. En el fondo se parecen bastante, y yo le he dicho lo importante que es para mí que usted lo acepte como su amigo.

"Quiero contarle cómo fue que nos conocimos, cómo fue que ocurrió el milagro de nuestro amor. Ariel sabe algo de carpintería, porque trabaja con una compañía de teatro experimental que monta sus propias obras, y los actores tienen que aprender carpintería y luminotecnia, todas las destrezas necesarias para ponerlas en escena. Unos días

108

después de nuestra visita al Santuario del Pozo, el día que ocurrió el motín de los enfermos de Sida, me lo encontré en La Bombonera y le pedí que si me podía ayudar a montar una zapatera de cedro en mi *closet*. Lo llevé a casa y Ariel estaba carpinteando cuando lo cogí mirándome. Fue sólo una sospecha pasajera, Padre, se lo juro, un celaje instantáneo que me cruzó por la mente, pero él me preguntó que en qué estaba pensando y yo para disimular le dije que esa noche había soñado que estaba haciendo el amor con un desconocido y que eso me preocupaba, porque yo estaba en medio de un divorcio y no me convenía envolverme con nadie en aquel momento. 'Además soy devota de la Virgen – añadí muy seria, como para darle otro cariz al asunto–. Aunque no creo en las apariciones, le rezo todos los días y ella me ha ayudado mucho.' Y él me dijo: '¿A cuál Virgen?', y yo le dije: 'A la Virgen del Pozo, por supuesto'. Y él me dice: '¿Y por qué a la Virgen del Pozo?' 'Porque es la Virgen puertorriqueña'. Y él se echó a reír y me dijo: 'Pues ten cuidado porque a veces los sueños salen'.

"Al día siguiente volvió a la casa a terminar el trabajo, y me pidió que lo acompañara en su guagua a buscar unas maderas adicionales que necesitaba. Ariel tiene una guagua blanca con los asientos muy altos, que hacen sentir a uno como si fuese viajando por el aire, y cuando me di cuenta me estaba llevando para la isla por una carretera muy empinada y sembrada de flamboyanes a ambos lados, que parecía un desfile de candelabros de fuego que repechaban en procesión hasta el cielo. 'Vamos a dar un paseo —me dijo–, quiero invitarte a almorzar en un restaurancito muy agradable que conozco'.

"Y allí, en aquel bosque cuyo perfume mareaba y cuyo verdor se le subía a uno a la cabeza como el alcohol, me puse a pensar en la falta que me había hecho la isla allá en Mallorca, y de cómo la actitud despectiva de Marcos hacia todo lo puertorriqueño había sido como una tiña que poco a poco se le iba pegando a uno. Porque al rato, de tanto oír la matraquilla de que aquí se vive entre salvajes, de que en

109

cualquier lugar lo asaltan a uno o lo asesinan, de que si la droga, de que si los tapones, de que si el calor, uno acaba también cogiéndole repelillo a la isla, que es como decir cogerse repelillo a uno mismo, y al cabo del tiempo uno empieza a olvidarse de las cosas buenas que tenemos acá o a tenerlas en menos, porque si el Socavón de Formentor, porque si la Roqueta de Sitges, porque si el Paseo Real a orillas de la bahía de Palma, todas las maravillas del extranjero por definición nos parecen mejor y se nos olvida que este terruño nuestro también tiene sus tesoros y que aquí también se puede ser feliz. Y todo eso lo pensaba mientras Ariel me miraba con sus ojos dorados, atentos como los de un tigre en acecho, sin decirme nada pero como adivinándome el pensamiento.

"Y al final de la carretera de Jájome, que por aquellos montes andábamos, cuando ya casi estábamos por rascarle la barriga al cielo, nos bajamos a comer en un restaurancito muy pintoresco donde todo, desde el cabrito estofado con tostones de panapén hasta el marrayo de coco, me hacía pensar en que lo mejor que me había podido suceder era el abandono de Marcos y quizá hasta nuestro divorcio, porque aquella situación me había hecho más fácil la decisión de quedarme en la isla. Que dicen que si uno está fuera más de siete años ya no regresa jamás, le pasa como a esas mangostas que se tiran al agua y cuando ya van un poco lejos pierden el sentido de dirección y no saben para qué lado está la costa y siguen nadando mar afuera hasta que se ahogan. Y en eso estaba, diciéndome que a lo mejor Dios había venido a verme en todo esto a pesar de lo triste que me sentía, cuando veo que Ariel se me queda mirando y me pregunta de nuevo: '¿Y por qué la Virgen del Pozo?'."

El padre carraspeó nervioso al fondo del confesionario pero no la interrumpió, y ella continuó hablando con dificultad.

"Yo no pude contestarle y se me llenaron los ojos de lágrimas."

Mariana guardó silencio. "Prosiga, hija. Cuénteme lo que está recordando."

"En este momento no estaba pensando en Ariel, Padre, estaba pensando en Papá, en algo que nunca le he contado pero que puede que tenga una relación con todo esto. Usted sabe que la mente es un laberinto de recuerdos que son como recovecos y de pronto uno desemboca de un recuerdo en otro sin saber por qué. Papá era un idealista, pero era un hombre duro, no estaba consciente de lo que era el sufrimiento del prójimo. Le gustaba pasearse por los arrabales porque los veía como ambientes puros en los cuales nada sobraba, ni una tabla ni un clavo, ni una piedra. Pero el sufrimiento de los que vivían allí no le interesaba para nada. Fue por eso precisamente que me decidí a trabajar con usted en el arrabal de Cantera.

"Un día Papá me infligió una herida muy grande. Hacía mucho calor y yo llevaba puesto un traje de algodón estampado, que me dejaba al aire la espalda y los brazos. Nos habíamos detenido a admirar una casa del arrabal de La Perla, de esas que están montadas en zancos y parece que están a punto de meterse al mar, y él se paró detrás de mí a explicarme algo. Mientras me hablaba y me señalaba la curiosa arquitectura de aquel rancho me deslizó la mano por el hombro y me la introdujo por debajo del escote. Al principio me quedé paralizada, pero cuando se me acercó más todavía le di un empujón y salí corriendo; no paré de llorar hasta llegar a casa.

"Precisamente en eso estaba pensando cuando Ariel me puso cariñosamente el brazo alrededor de los hombros mientras íbamos paseando por la carretera de Jájome. 'Pues tengo que confesarte que prefiero a la Virgen de la Cueva a la Virgen del Pozo, Mariana', me dijo. Pero por más que le pregunté lo que quería decir con aquello, no quiso explicármelo. Más tarde sucedió lo que tenía que suceder. Porque tengo que confesarle, Padre, que cuando llegamos a la casa de Garden Hills y subimos al *closet* de mi cuarto (él quería que yo le explicara dónde exactamente era que yo quería poner la zapatera nueva) entendí perfectamente lo que quería decir con lo de la Virgen de la Cueva.

"Se trataba de un trabajo delicado; era necesario machiembrar cuidadosamente las tablas de cedro antes de clavarlas a los muros del *closet*. Ariel se quitó la camisa mientras trabajaba y yo me quedé mirándolo trabajar con el cepillo y el escoplo. Así fue como me dio por primera vez el olor de su cuerpo: un perfume a geranios quebrados, a pétalos de geranios polvorientos, que no venía de ninguna botella de esencia sino del sudor que le brotaba de la piel. Y me puse a fijarme en la paciencia con que trabajaba los paneles de cedro, cepillándolos y puliéndolos con lija fina hasta que les encontraba la vuelta, hasta que descubría justo el ángulo en que quedaban perfectamente ensamblados en una superficie lisa, en la cual casi no se notaba la junta, y me dije: 'Este hombre debe de ser sabio en la cama, tiene buena mano con los clavos y con las tablas. Me gustaría algún día hacer el amor con él'. Y en ese momento comprendí que ni la amenaza de Papá, ni mi matrimonio con Marcos tenían ninguna importancia cuando uno logra una unión bien ensamblada, cuando uno está con alguien con quien de veras se entiende.

"Y no sé si fue el perfume de las maderas del *closet* mezclado al perfume que le emanaba del cuerpo, Padre, pero no tuve fuerzas para resistirlo, caímos juntos al suelo y empezamos a hacer el amor como desesperados..."

DIARIO DEL PADRE ÁNGEL

14 de abril

Ha pasado ya más de una semana desde la última confesión de Mariana. Quedé tan afectado que no pude volver a hacer otra entrada en mi diario durante varios días. Hasta se me hizo imposible tomar la pluma para responder a las cartas que me han enviado mis superiores desde Oviedo. Aunque ahora, después de lo sucedido con Mariana, me importa poco que la Basílica se edifique finalmente en El Condado, como quiere el padre Rector, o en Benares de la India.

Mariana ha venido a verme varias veces después del divorcio y se comporta como si nada hubiese sucedido; yo por mi parte no he cambiado en absoluto mi trato hacia ella. No obstante, llevo su confesión hincada en el corazón como una corona de espinas. Sólo puedo pensar en lo mucho que se parece a Teresita exteriormente, cuando por dentro su alma es un pozo séptico de corrupción.

15 de abril
San Juan, Puerto Rico

Querido Padre Ángel:

Le escribo porque me acabo de enterar, por uno de los feligreses del Condado, que ha decidido regresarse a España y que pronto llegará un nuevo párroco que lo sustituirá en la parroquia. Mamá y yo

113

hemos estado muy tristes; hemos intentado comunicarnos con usted por teléfono varias veces, pero sin éxito. O el encargado de la casa parroquial siempre nos dice que no está, o se oye un mensaje de la grabadora bastante gastado, pero usted nunca contesta. Hace ya tres semanas que no lo veo, desde la última vez que me confesé con usted. Mamá y yo hemos asistido varias veces a Misa en la Capilla de Stella Maris con la esperanza de hablarle, pero sin éxito. Cuando termina de oficiar usted se escurre por el pasillo de persianas y desaparece detrás de la puerta de plástico verde de la sacristía.

Últimamente he pensado a menudo en usted, Padre. Durante el juicio no se le veía bien; estaba delgado y ojeroso, como si algo grave estuviera trabajándole por dentro. Quiero que sepa que, pase lo que pase y aunque haya decidido marcharse a España, usted ha sido la persona más importante en mi vida durante los últimos meses. Gracias a usted pude salir ilesa de una situación que me hacía mucho daño, y por eso le estoy escribiendo estas líneas.

Por primera vez en mucho tiempo me siento tranquila. La corte me hizo justicia porque me adjudicó la custodia de José Antonio. Yo quiero mucho a mi hijo y si me lo hubiesen quitado no me hubiese consolado nunca. Afortunadamente ya pasó la tormenta. Mamá, José Antonio y yo vivimos muy contentos en la casa de Garden Hills. Gracias a Dios que Papá dejó suficiente capital para los tres, y no nos ha hecho falta para nada el dinero de Marcos Robles.

Bueno, Padre, me despido de usted por ahora. Quiero darle las gracias por haberme salvado la vida durante el juicio. Su amistad y su cariño durante esos momentos difíciles fueron un escudo, literalmente, a prueba de balas. Espero verlo pronto, de seguro antes de su partida para España. ¿No le gustaría ir con

Mamá y conmigo a la Gran Peregrinación de la Virgen del Pozo, que se celebrará dentro de dos semanas? Nos gustaría mucho que viniera con nosotras; sería muy adecuado que nos reuniéramos por última vez en ese lugar.

Reciba un abrazo de quien le quiere siempre de una manera especial,

Su amiga,
Mariana Duslabón

DIARIO DEL PADRE ÁNGEL

22 de abril

Esta mañana soñé que me encontraba en el Templo de Amita, oficiando la Santa Misa ante el altar. Amita estaba sentada frente al tabernáculo, pero a la vez que era Amita tenía cara de Mariana, que se sonreía conmigo y me hablaba desde una gran altura. Me llamaba a que subiera al altar y abriera la puerta del tabernáculo, pero cuando lo hice descubrí algo sorprendente. Dentro de la puerta del sagrario, colocado sobre el copón, había un triángulo negro que emanaba un olor acre y profundo. Al verlo empecé a dar voces a pleno pulmón, hasta que me desperté. Temo que algo no anda bien dentro de mi pobre cabeza; quizá hasta dentro de mi pobre alma.

La pesadilla vino a reforzar mi decisión de abandonar esta isla cuanto antes. Ya compré mi

115

*pasaje y la semana que viene obedeceré con gusto
la orden de mis superiores. Dentro de unas horas,
sin embargo, Mariana, Matilde, José Antonio y yo
saldremos camino de Sabana Grande, a asistir a
la Gran Peregrinación del Pozo. He decidido ir con
ellas, primero porque hace meses que se lo prometí
a Matilde, y segundo, como un último gesto de re-
conciliación, para que Mariana vea que la he per-
donado y que no le guardo rencor por lo sucedido.*

*Será para mí un viaje triste. La última vez que
fuimos a Sabana Grande yo iba lleno de alegría.
Llevaba encendida la llama del apostolado en mi
corazón y no me cabía la menor duda de que Matilde sanaría gracias a la intervención de la Virgen. Hoy tengo todavía fe en ella, pero he perdido
por completo la fe en mí mismo. Mi pobre barca ha
encallado en los "bullentes arrecifes" de esta isla
traicionera, para citar nuevamente a su gran poeta Tomás Blanco.*

23 de abril

Querida Tere del alma:

*Tengo que reconocer que la decisión de abando-
nar esta isla y regresarme a España no me apena
gran cosa. ¡Si hasta una mujer como Mariana, que
pertenece a la crema y nata, se niega a salvarse y
se acuesta con un cualquiera, qué quedará para el
resto de la población! Por eso Jesús abandonó a
los endemoniados en Gadarena y los echó a una
piara de puercos para que se lanzaran por un pre-
cipicio al mar. No tengo remordimientos en cuanto al destino de este pobre pueblo, que quién sabe*

si ha de perecer un día, como Sodoma y Gomorra, bajo una lluvia de fuego. (Me han dicho que hay bombas atómicas almacenadas en la base militar de Roosevelt Roads, lo cual no debería tranquilizar en nada a sus habitantes). Matilde, por su parte, es una santa, y su muerte será un inevitable tránsito al cielo.

Y así me despido para siempre de esta hermosa Antilla, Teresita querida. Ahora me doy cuenta más claramente que nunca de lo afortunada que fuiste en morir hace ya más de diez años, antes de que ocurriera la revolución feminista que ha hundido al mundo en el estado de depravación presente. Debí de habérmelo imaginado antes; el parecido físico entre Mariana y tú me nubló temporeramente la conciencia. Pensé por un momento que ella podría sustituirte, que en esta pequeña isla tan lejos de Europa y del mundo civilizado podía darle para atrás a las manecillas del tiempo, recrear a mi alrededor la misma existencia paradisíaca e inocente que llevaba a tu lado. Pero me equivoqué, Teresita. Por eso tú sigues siendo hoy, en la víspera de mi regreso a España, el único ángel de mi cielo sin estrellas.

EDITORIAL PUBLICADO EN EL
DIARIO LA PRENSA

24 de abril

La desgraciada matanza que ocurrió ayer en el Santuario de la Virgen del Pozo, en el pueblo de Sabana Grande, ha dejado horrorizada a nuestra población. A la luz de los trágicos sucesos que allí acontecieron, nos

117

parece importante señalar el derrotero peligroso que parece estar tomando hoy la Iglesia Católica en nuestra isla, al dividir al pueblo en facciones que, más que comunidades de fieles, parecen batallones de ciudadanos enfrascados en una feroz guerra civil.

Se celebraba en ese lugar el aniversario de los cuarenta años de la primera aparición de la Virgen del Pozo, cuando cientos de peregrinos de los que acuden allí en guagua, en carro público o a pie, vieron llegar bocineando una impresionante caravana de Mercedes Benzes, BMWs, Saabs y otros carros de lujo que se adentraron atrevidamente por el parking.

Era la caravana de la Virgen de Medjugorje cuya santa imagen, venerada por miles de fieles en la isla, acababa de llegar esa mañana de Yugoslavia al aeropuerto de Isla Verde. Un centenar de personas muy bien trajeadas se bajó de la caravana de carros, y exigieron se les hiciera paso entre la muchedumbre. Un grupo de fieles de El Condado llevaba a la Virgen de Medjugorje sobre andas, iluminada por sus tradicionales velones azules. Varios sacerdotes, entre ellos el Padre Slavko Barbaric, el prelado yugoeslavo que acompaña siempre a la Virgen, desfilaron a su lado y les hicieron señas a los acólitos para que empezaran a oscilar los incensarios al final de sus cadenas de plata. El manto de la Virgen, recamado de aguamarinas y otras piedras preciosas, le había sido obsequiado para la ocasión a la imagen por las damas del Condado. Al llegar a la explanada del Santuario, los devotos cometieron el error de colocar la imagen de la Virgen de Medjugorje cerca de la imagen de la Virgen del Pozo. Allí las damas de El Condado procedieron a decorar el altar con manteles de encaje y candelabros de plata, preparándolo para la Misa.

El enfrentamiento de ambos bandos no se hizo esperar. Los devotos de la Virgen del Pozo, en su mayoría gente del pueblo, se encontraban allí congregados para celebrar el aniversario previsto, y se arremolinaron alrededor del nuevo altar. Sintiéndose marginados y pronunciando gritos inverosímiles tales como "¡Abajo la Virgen extranjera!" y "¡Arriba la Virgen puertorriqueña!", le cayeron encima a los elegantes visitantes enmantillados, acorralándolos contra la ladera del monte. En medio de la polvareda que se levantó era difícil discernir claramente lo que sucedía. No se sabe a ciencia cierta si, como dijeron luego varios testigos en el cuartel de la policía, fueron los pordioseros lisiados los que empezaron primero a quitarle al manto de la imagen de la Virgen las aguamarinas, pero lo cierto es que de pronto la derribaron al suelo y le arrancaron la corona de oro, el rosario de plata y todo lo que llevaba encima.

Aparentemente la muchedumbre se encontraba infiltrada por unos agentes sediciosos conocidos como los Alacranes Eléctricos, seguidores de un tal Manolo Covadonga, que se encuentra hoy sirviendo una sentencia de veinte años en la cárcel. Se trata de una pandilla de anarquistas que ha sido objeto de una búsqueda intensa por la policía. Estos maleantes, juzgando que en río revuelto hay ganancia de pescadores, comenzaron a asaltar a todo el mundo en la concurrencia, a los devotos de la Virgen de Medjugorje y a los de la Virgen del Pozo por igual. Al poco tiempo acudieron al lugar varios helicópteros de la policía, que encresparon con sus hélices las copas de los árboles de mangó y de panapén bajo los cuales se habían guarecido los aterrados fieles. Desde allí los agentes de la ley procedieron a cazar uno a uno a los Alacranes Eléctricos con sus rifles de mirilla telescópica.

En la balacera subsiguiente murieron docenas de personas, algunas de ellas personas conocidas en nuestra sociedad. Doña Matilde Duslabón pereció de un ataque cardíaco durante el ataque. Su hija, Mariana Duslabón, fue alcanzada por una bala en el costado, y se encuentra hospitalizada de gravedad en el Hospital Auxilio Mutuo en Hato Rey. Ambas damas pertenecían a una de las familias más encumbradas de la capital. El Padre Ángel de la Paz, párroco de la capilla de El Condado, había acudido allí esa mañana acompañándolas. Fue él quién encontró a Mariana en una zanja y logró que la trajeran a San Juan en ambulancia. El Padre salió ileso de la balacera y tuvo la presencia de ánimo de arrojarse sobre el niño José Antonio Robles, hijo de Mariana Duslabón y del respetado comerciante Marcos Robles, empujándolo bajo unos troncos cercanos y salvándole la vida. Hoy el Padre Ángel se encuentra camino a España, llevando a José Antonio sano y salvo de regreso a Palma de Mallorca, donde residirá con su padre. El Padre Ángel de la Paz, por otra parte, no ha de regresar a la isla. Ha sido sustituido por un nuevo párroco en la parroquia del Condado a causa de su salud delicada. Se comenta que su partida ha sido lamentada por muchos, ya que era muy querido por los fieles de los barrios menos afortunados de la capital.

El trágico suceso tuvo, no obstante, sus visos irónicos. La señora Matilde Duslabón dejó inscrito un testamento en el cual lega gran parte de su fortuna a la Iglesia Católica, para que con ella se construya una Basílica dedicada a la Virgen en el lugar de los hechos. Este templo ha de ser, según el parte noticioso enviado a este diario, mucho más imponente que la humilde capilla que existe hoy en Sabana Grande. El nuevo Santuario no estará dedicado ni a la Virgen del Pozo ni a la Virgen de Medjugorje, sino a Santa María Invicta, para que acudan a venerarla por igual ricos y pobres, blancos y negros, sanos y enfermos, y se fomente entre todos la convivencia y la paz.

"Ariel tenía razón, Padre, la Virgen de la Cueva es la única que vale, a ella es a la que hay que rezarle. Lo he comprendido al fin a pesar de este mareo en el que me estoy hundiendo, nada me parece importante ya menos las palabras de Ariel, la Virgen de la Cueva es la que vale, a ella es a la que hay que rezarle. Los médicos me dicen que estoy mejor, que pronto podrán sacarme del pabellón de intensivo y que me voy a recuperar del todo pero yo no les creo, esta fiebre y estos sudores que no se me quitan me dicen lo contrario. Me siento como si una corriente de agua me estuviera halando mar afuera y ya no pudiera regresar nadando a la costa, como en la pesadilla que me daba cuando vivía en España. Me acuerdo del día que salí por la